魔術の果てを
求める
The Great Wizard Seeking
the End of Wizardry
大魔術師
～魔道を極めた俺が三百年後の技術革新を
期待して転生したら、
哀しくなるほど退化していた……～
2
福山松江
イラスト Genyaky

「わたくしは頑張り屋の姫様が、
誇らしくて堪りませんけどね。
ほ～ら、いい子いい子～」
タリア

「やめて！　私、赤ん坊じゃないのよ」
ファナ

「他愛無いこと！」
凛と響く少女の声。
確かに世界は、
優しくも甘くもできてはいない。
しかし、いるのだ。
ローザという名の優しくて甘い騎士が、
ここに厳然といるのだ！

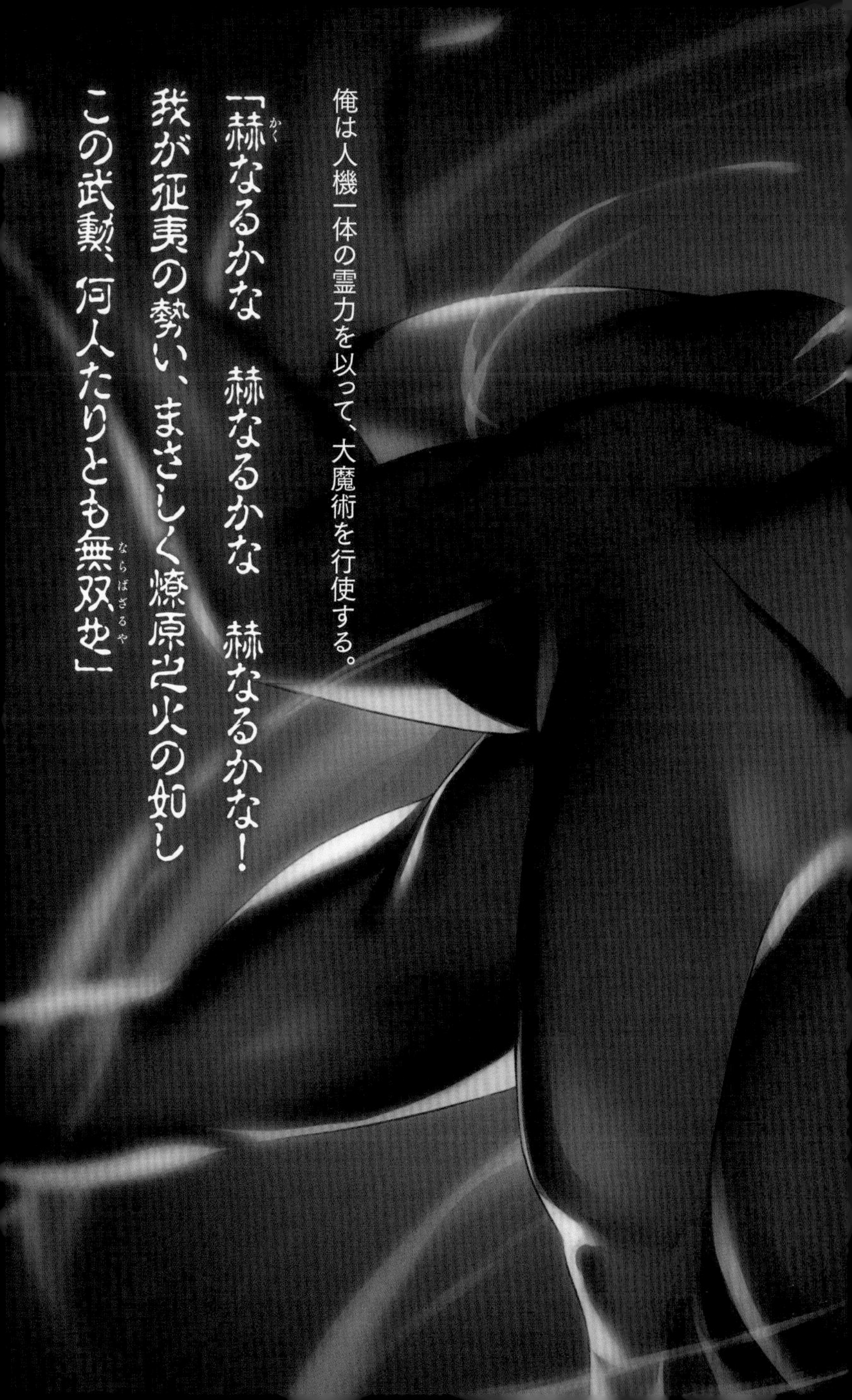
俺は人機一体の霊力を以って、大魔術を行使する。
「赫《かく》なるかな　赫なるかな　赫なるかな！
我が征夷の勢い、まさしく燎原之火の如し
この武勲、何人たりとも無双せ《ならばざるや》」

CONTENTS

The Great Wizard Seeking the End of Wizardry

魔術の果てを求める大魔術師

The Great Wizard Seeking the End of Wizardry

～魔道を極めた俺が三百年後の技術革新を期待して転生したら、哀しくなるほど退化していた……～

2

福山松江　イラスト Genyaky

プロローグ

それは三百年前の記憶。

俺——カイ＝レキウスがまだ十五歳の、一王子でしかなかったころの話だ。

「私は真剣なんです！　茶化《ちゃか》さないでください、兄上！」

と詰め寄ってくるのは、我が異母弟《いぼてい》のアル＝シオン。

一つ歳下で、だけど年齢差以上にあどけない顔つきをしていた。

俺と同じ黒髪黒瞳。目元や口元なども形だけなら似ているはずなのだが、全体に険の強い俺とは随分印象が違う。

これで既にこの国一番の戦士なのだから、人は本当に見かけによらない。

そしてその最強戦士殿が、初めて出会った難敵に苦戦していた。

「私はこんな気持ちになったことは、今まで一度もなかったんです……。寝ても覚めてもアンナ姫のことばかり考えてしまって、稽古も勉学も身が入らないんです……」

そう、アルが絶賛格闘中の強敵の名は、〝初恋〟という。

五日前、外交使節とともに王宮を訪れたアンナ姫に、一目惚《ぼ》れしたのだ。

「あの女はやめておけよ、アル。口説くには、立場が面倒臭いことこの上ない」

俺はソファに身を横たえながら、傍《そば》で突っ立っているアルに言った。

貴賓室のことだ。

城にいくつかあるうち俺が普段から占拠している一つで、居間代わりに使っている。

押しかけてきたアルに、指折り数えながら諭してやる。

「まず政治的立場。一国の王女をもらい受けるというのは簡単な話ではないし、まして彼女の国元であるリトリスとはほんの十年前に戦争をしている。次に宗教的立場。アンナ姫は当代の〝蒼《あお》の乙女〟だ。教団にとっては聖女サマなわけで、そもそも婚姻自体が認められるのかどうかすら、わかったものではないぞ？」

半ばは本気の忠告。

しかし、この強情な弟は聞き入れない。

「私を見くびらないでください！　どんな障害があろうとも、必ず乗り越えてみせますっ」

おまえはよくても相手はどう思ってるんだよ、という野暮なツッコミは敢えてせず、

「アルほどの男が、そこまでするほどの女かなあ？　確かに見目はいいが、性格が大人しすぎてつまらん。女は少し尖《とが》っているくらいの方が、飽きなくてよいのだ」

「彼女の侮辱はやめてください！　たとえ兄上でも許しませんよっ」

「哀しいなあ。血のつながったこの兄よりも、ポッと出の顔だけ良い女の方が大事とはなあ」

「よく仰いますよ。兄上がろくに知りもしない美女の誘いに乗って、私との会食の約束を何度すっ

ぽかしたか、忘れたとは言わせませんよ？」

「七度までは数えて、あとは憶えてないなあ」

弟との他愛無い会話が本当に愉快で、くつくつと笑う。

俺がこの歳で魔術師として大成し、階梯《かいてい》を上るごとに、周囲は俺を恐れるようになった。

元々キツい性格もしているしな。

今では国王たる父でさえ、俺に対しては遠慮を見せる始末。

そんな中、常に本音と本気をぶつけ続けてくれるアルの存在は、掛け替えのないものだった。

「悪かったよ、アル。おまえがどれだけ真剣にアンナ姫を想っているか、試しただけだ」

「嘘《うそ》です。私をからかってオモチャにしているだけです」

正解！

猜疑《さいぎ》の眼差しで俺を睨《にら》むアルに、俺は満面の笑みを向けてやる。

「おまえもついにそんな年頃かと思うと、面白くてなあ」

「たった一つ違いなのに、兄上はそれこそ美女をとっかえひっかえしている、恋愛巧者ですからね。敵《かな》いませんよ」

だからこそアルは、俺に助けを求めに来たのだろう。

「どうすれば女性に振り向いてもらえるのか教えてください、兄上。この通りです」

「まずは贈り物から、というのが定番――」

「アンナ姫は物に釣られるような女性ではありません!!」

「おまえ、面倒臭いな」

人にものを訊《たず》ねている時は、被せ気味に反論するなよ。

しかも会って間もないアンナ姫の、何をアルが知ってるんだよ。

おまえの理想を押し付けてるだけだろ？　そういうところが童貞臭いんだよ。

――と俺は一瞬思ったが、口にすると恋愛初心者が気絶しかねないので、勘弁してやる。

「真面目な話をすると、〝蒼の乙女〟であるアンナ姫には問題がもう一つある。それも一番厄介なやつがな」

「例の伝承ですか？」

「察しがいいな」

不器用なところはあるが、本質的には聡明《そうめい》なアルに、俺は今度こそ屈託のない笑みを向ける。

出来のいい弟を持つと、兄としては鼻が高いものだからな。


さて――

マグルという巨大宗教団体がある。

水と輪廻《りんね》の神シュタールを信仰する連中で、一時代に一人だけ生まれる神秘の聖女（連中は〝蒼の乙女〟と呼ぶ）を、神の代理人として祀《まつ》り上げるのが特色だ。

その〝蒼の乙女〟が本当にシュタールの寵児《ちょうじ》かどうかは知らん。

宗教的権威を高めるための捏造《ねつぞう》という線は、大いにあり得る話だ。

しかしろくな修業もなしに、水神の権能を使いこなすという話も確かに聞く。

さらには「彼女が祈るとどんな悪人でも天国に召される」だとか、「代々の〝蒼の少女〟は輪廻転生を続ける同一人物で、連綿と記憶を受け継いでいる」だとか、眉唾物の伝承もある。

「もし〝蒼の乙女〟が本当に代々の記憶を持っているとしたらだ。そいつは精神年齢ウン百歳の**ババア**ということだ」

「か、彼女への侮辱は許しませんよ！」

「長生きしたエルフやヴァンパイアみたいなもので、俺でさえ恋愛相手にするのは躊躇《ためら》うぞ？」

「どんな障害があろうとも、私は乗り越えてみせます！」

芸もなく同じ台詞を繰り返すアル。

こいつは恋愛沙汰になると、ここまでポンコツになるのかと、見ていて可愛い。笑える。

「たとえ伝承が全て本当だとしても、私が彼女に抱いたこの気持ちは消えません！」

「わかった、わかった。アルのその一度決めたら絶対に枉《ま》げない根性は、美徳だ。そんなおまえにこの兄からとっておきの恋愛アドバイスをやろう」

「ゴクリ……」

「アンナ姫と接する時間をとにかく増やせ。そして、ありのままのおまえをさらけだせ」

「そ、そんな簡単なことでいいのですか⁉」

「並の男が『素のオレをさらけ出してカノジョにアタックするのが誠意！』とか言い出したら、『もっと自分を高める努力をしろ、たわけ』とぶん殴ってやるがな。おまえは並の男じゃない。良い男だ。だからそのままぶち当たってこい」

大軍に兵法なしと言うだろう？　要はあれと同じ理屈だ。

この出来物の弟が、たかが恋愛をするのに小細工など要らん。

果たして〝蒼の乙女〟が、本当に人生を幾度も繰り返した経験豊富な女なら、アルほどの男の価値と稀少《きしょう》さを見逃しはしないだろう。

あるいは伝承が捏造なら、ただの小娘がアルに好き好きアピールされればイチコロだろうよ。

どちらにせよ上手くいくという算段だ。

「ま、がんばれ」

「ありがとうございます、兄上！」

俺が尻を叩《たた》いてやると、アルは喜び勇んで部屋を飛び出していった。

ははっ！　本当に可愛い弟だよ、おまえは。

そして、それから三週間――

両国の修好に訪れた外交使節が帰るまで、アルはアンナ姫との時間を毎日マメに作った。

二人で庭園を散策する姿が、朝から会食している様が、散見できた。

「ほら見ろ。心配せずとも上手くやれているじゃないか」

俺は研究室に使っている書庫の窓から、我が弟の微笑ましい様子を眺めて苦笑する。

中庭の花畑で二人きり、腰を下ろして談笑するアルとアンナ姫。

アクアマリンのように印象的な彼女の蒼い瞳と、真剣に見つめ合っているのが、遠目にも伝わる。

「初恋は実らぬもの。しかも障害だらけの相手。しかしアルなら成就させるかもな」

と——この日の俺の予言は的中した。

これより一年後、父王の崩御を契機に、ヴァスタラスク王国はいよいよ戦乱の世の波に呑《の》み込まれていく。

そしてアルの強い勧めもあり、アンナ姫の祖国とは強力な同盟関係を結ぶことになる。

また両国の堅い絆《きずな》の象徴として、アルとアンナ姫の婚姻が決定する。

そう。

アルは見事、初恋相手と添い遂げてみせたのだ。

第一章　次への侵攻

「〝蒼《あお》の乙女〟……か」

俺は視線を虚空に彷徨《さまよ》わせながら独りごちた。

時刻は宵の口。

砦《とりで》攻めのために展開した軍の後方、陣幕で囲った帷幕《いばく》のことである。

俺は総帥として床几《しょうぎ》に腰を据え、すぐ隣にはレレイシャが侍《はべ》る。

煌《きら》めくような青い髪と絶世の美貌を俺が与えた、我が最高傑作ともいえる魔術人形《サーヴァント》だ。

「如何《いかが》いたしました、我が君？」

「少し眠っていたようだ。そして懐かしい夢を見た。アルと弟嫁の馴《な》れ初めのな」

「ああ、そちらの〝蒼の乙女〟でございましたか」

レレイシャが納得してうなずく。

なぜ俺が今さらそんな夢を見たのか、疑問にも思っていない。

無論、理由があるのだが――

「我が君。マーク砦より軍使が参りました」

と直臣のフォルテが陣幕の外からやってきて、俺の思考は目の前の状況に集中する。

「会おう。連れてこい」

「御意です」

俺が命じると、フォルテは一礼するや機敏に踵《きびす》を返した。

西の果てのアーカス州の、さらに西の果てのブレアの町で、豪商から落ちぶれて貧民街の元締めをやっていた男が、今や俺の幕僚長代わりだ。

計数に強く、機転が利き、何より貴族制度を憎むこいつのことが、俺は気に入っている。

帷幕には同じくアーカス州で取り立てた騎士たちが三十名、幕僚として居並んでいるが――プロの軍人である彼らより――フォルテの方がよほどに信頼が置ける。

兵站《へいたん》管理一つとっても、元商人だけにお手の物だしな。

「連れて参りました、我が君」

「ご苦労」

俺は口でフォルテをねぎらいつつ、目は奴《やつ》が連れてきた青年を射抜く。

身なりからして、恐らく一廉《ひとかど》の地位にある騎士だ。

帯剣はせず、軍使であることを示す白旗を抱えている。

「名乗れ」

「賊に名乗る名などない！」

毅然《きぜん》と答えた軍使に、俺の臣下たちが「不敬なっ」とざわついた。

「ククク。なるほど、さしずめ俺は賊の頭目か」

「今世の方々は本当にジョークがお上手で、お腹が痛くなってしまいますわね」

と、平気な顔で聞き流しているのは俺とレレイシャだけである。


まあ、賊と呼ばれるのも仕方がない――

俺が愛する魔術を永遠に研究するため、吸血鬼の真祖《トゥルーブラッド》に転生したのがこの八月。

しかし、その転生に要した三百年の間に俺が建てたヴァスタラスク統一王国は、今や「帝国」などと僭称《せんしょう》し、貴族制度蔓延《はびこ》る腐った代物に成り果てていた。

俺は怒りとともにこの帝国を打ち毀《こわ》すと決め、手始めにアーカス州を征服したのがこの十月。

大陸二百四十一州のうち、まだわずか一州をもぎとっただけの話とはいえ、帝国からすれば顔に泥をなすくられたような屈辱であるだろう。

俺と、俺が率いる軍のことなど絶対に許せない。認められない。

だから賊扱いするのは、しごく当然の対応であろうな。


そして現在、十一月。

俺は五千の兵を率い、アーカス征服から間髪入れずに隣州であるルナロガへ侵攻していた。

その一の関門となるマーク砦の攻略だ。

降伏を勧告し、小一時間ほど返答を待った。

三千の兵とともに砦を預かる敵将は、果たして俺の慈悲に応じるか否か？

その答えを託されてきたのが、俺を賊呼ばわりしたこの青年騎士というわけだ。

「賊どもに告ぐ――」

軍使が声を張り上げた。

なかなか肝の据わった奴だ。

殺気立った臣下たちに囲まれても、昂然《こうぜん》とした態度を崩さない。

試みに俺がこやつへ向ける眼光の圧を少し上げても、顔を蒼褪《あおざ》めさせるだけでプレッシャーに堪《た》えている。

「――降伏はしない！　世の理非も知らぬ貴様らでも、ルナロガ州総領主クレアーラ伯のご息女が、当代の〝蒼の乙女〟であらせられることは知っておろう！　ゆえに我らルナロガの民は尽《ことごと》く、水と輪廻《シュタール》の神のご加護を賜っておるのだ。吸血鬼などと不浄の輩《やから》を首魁《しゅかい》に仰ぐ貴様らなどに、絶対に屈することはない。繰り返す、降伏はしない！　それが返答だ‼」

降伏は拒否。

しかも暴言に等しい礼を欠いた物言い。

聞いた臣下らがたちまち色めき立つ。

「殺す！」

「そのそっ首、塩漬けにして砦に叩《たた》き返してくれるわ！」

「我が君、ご許可を！」

と早や腰の物に手をかける連中も出てくる。

しかし軍使の青年は、煮るなり焼くなり好きにしろとばかり、その場でどっかと尻を下ろす。初めから死を覚悟してきた男の気概だ。

俺は呵々大笑《かかたいしょう》して言った。

「ハハハハハハ、よいよい！　軍使たるもの、そのくらいの啖呵《たんか》を切らなくてはな！」

いるではないか！

腐り果てたヴァスタラスクにも、まだ本物の気骨を持つ騎士が！

「承った、軍使殿。ならば開戦だ。容赦はせんと、帰って城主に伝えよ」

「我が君⁉」

「この狼藉者《ろうぜき》を生かして帰すと仰せですか⁉」

「俺は確かに吸血鬼だ。神々やその信徒の倫理に照らし合わせれば、不浄の存在でもあろう。しかし俺は、人として失ってはならぬ尊厳まで欠いてはおらぬ」

寸鉄も帯びずにやってきた勇敢な軍使を斬るなどと、それこそ蛮人のやり口というもの。

三百年前の、あの地獄の戦乱の世でさえ、後ろ指差されて笑われる乱行。

相手が無礼を働けばこそ、鷹揚《おうよう》に許してやるのが王者の戦よ。

「我が君。軍使殿のおもてなしに、あちらに酒肴《しゅこう》を用意してございますが？」

「取りやめだ、レレイシャ。これほどの忠義の士に、供応などかえって侮辱に当たろう」

「御意」

という俺と近侍のやり取りを、軍使の青年が愕然《がくぜん》となって見ている。

だが、やがてすっくと立ち上がると——内心、葛藤はあったようだが——態度を改め、一礼する。

「お言葉、賜りました。必ずや将軍にお伝えいたす。それで……」

「それで、なんだ？」

「……貴軍のことは、以後なんと呼べばよろしいか？」

これこの通りよ。

たとえ人と吸血鬼でも、心根がまともな同士なら誠意は伝わるものだろう？

「別に賊軍でも構わぬが……そうさな。〝夜の軍団〟とでも呼ぶがいい」

俺は大して熟考もせず答えた。

アーカス一州を奪取した程度でまだ国体を気取るつもりはないのは、臣下にも周知してある。

俺たちは依然ただの一軍閥にすぎず、大仰な名称は必要ない。

「承りました。それでは失礼させていただく」

軍使の青年はもう一度腰を折ると、来た時同様フォルテの案内で去っていく。

残った臣下らは、レレイシャを除いてやや不満げだ。

軍使を生かして帰したのもそうだし、〝夜の軍団〟という呼称が気に食わぬのだろう。

「いささか素っ気なくはございませぬか？」

と恐る恐る意見してくる者もいた。

普通は〝アーカス黒翼騎士団《こくよくきしだん》〟のようなもっと華美絢爛《かびけんらん》な軍団を名乗るか、あるいは〝憂国義勇団〟といった正義が奈辺《なへん》にあるか明らかな命名をすべきだと。

しかし俺は不敵に笑って答えた。

「俺の軍に虚仮威《こけおど》しの看板は要らぬ。ただ実力のみあれば、泣く子も黙る」

それがかつて戦乱の世を制した俺の信条だ。

聞いて臣下らも納得したようだ。

「確かに仰せの通りにございますな」

「我が君のお力があればなるほど、名声など後から勝手について参るのが道理ですか」

「これは我らが不明にございました」

と頻《しき》りにうなずいている。


まあ、こいつらも俺に臣従して日が浅いからな。

俺の意を汲《く》めないからといって、いちいち腹を立ててはならない。

むしろ事あるごとに信念や哲学を口にすることにより、己の意で組織を染め上げる努力を怠らないのが、優れたリーダーの条件だと思っている。

三百年前にも俺はそうやって国を大きくし、大陸統一を成し遂げた。

ろくに胸の内も語らず、部下が忖度《そんたく》して当然と考えるような傲慢な男に、まともな集団が作れるわけもないのだ。


「では我が君、開戦のご下命を」

皆が静まったところで、レレイシャが恭しく俺の指示を仰ぐ。

俺は悠然と首肯すると、

「前線のローザとジェニに伝えよ。マーク砦の応戦の準備が完了するのを待ち、然《しか》る後に一切の斟酌《しんしゃく》なく攻め陥《お》とせ」

「御意」

レレイシャが一礼し、それから伝令を走らせる。

また騎士らに命じ、マーク砦のある東側の陣幕を撤去させる。

視界が開け、布陣した我が将兵らの様子と、緊張を孕《はら》んだ敵砦の様子が一望できる。

冬の寒空の下、誰もが吐く息が白い。

夜間のことだが、吸血鬼となった俺の目なら問題ない。頼りない月明りや地上に点在する篝火《かがりび》さえ必要なく、真昼の如《ごと》く戦場を見通すことができる。

「ローザとジェニの手腕に期待しようか」

俺は床几に腰を下ろしたまま、鷹揚の気分で観戦した。

◇◆◇◆◇

「マーク砦の将兵に告ぐ！」

凛《りん》とした少女の声が、夜天に響き渡った。

「あたしはリンデルフ家の騎士ローザ！　我が主君カイ＝レキウスに仕える筆頭騎士ローザよ！　そして此度《こたび》はマーク砦を陥落せよと、勅命を賜った一番槍《いちばんやり》！」

堂々と宣言する、薔薇色《ばらいろ》の髪の女騎士。

腰に佩《は》くのは始祖アルベルトより伝わる、虹焔剣《こうえんけん》ブライネ。

新調した軽装の鎧《よろい》もまたカイ＝レキウスより賜った、守護の魔力を秘めた逸品だ。

マーク砦の敵兵たちも、一目見ただけで彼女が並大抵の騎士ではないのがわかるはず。

しかもローザが立っているのは、真紅の竜を象《かたど》った軍用ゴーレムの背中である。

全高十五メートルは超えようという巨大な魔術兵器を、カイ＝レキウスから借り受けていた。

銘を〝火神〟。

名馬を駆るのが現代の騎士の誉れならば、このような軍用ゴーレムを駆るのが三百年前の乱世においてて、一握りの騎士に許された特権だったという。

（このあたしだったら見事に乗りこなせるっていう、あの方の期待に応えなきゃね！）

カイ＝レキウスとは以前は敵対し、憎まれ口を叩きまくっていた相手だが、現在はその軍門に降《くだ》り、側近の騎士として仕えている。

それどころか彼の血を飲むことによって生まれ変わった貴族種の吸血鬼《ノーブルヴァンパイア》――カイ＝レキウスの最初の眷属《けんぞく》でもあるのがローザだ。

未だにタメ口を利いていたり、素直じゃない態度をとってしまうこと多々なのだが、内心ではすっかり敬服している。

当然、彼に良いところを見せたいし、武功を樹《た》てて褒められたいという欲求も強い。

「あんただって造ってくれたお父さんに、イイトコ見せたいでしょ？」

〝火神〟の背中に片膝ついて、鋼鉄でできたその背中を撫《な》でさする。

カイ＝レキウスが魔術の粋を凝らして造ったこのゴーレムには、動物程度の知能が存在する。

造物主たる彼には従順だが、他の者が御そうと思うと簡単ではない。

今、ローザは左手に大粒のルビーを握っていた。

カイ＝レキウスが〝火神〟の心臓と呼ぶこの宝玉を通すことで、造物主ならずともこのドラゴンゴーレムへ指示することができるのである。

ただし強い意志を宿した命令でなければ、〝火神〟は言うことを聞かない。

「ましてやあんたも隣の奴には絶対、負けたくないでしょ？　だったらあたしの指示に従いなさいよね」

ローザはそう囁《ささや》きかけながら、左方へライバル心剝《む》き出しの眼差しを向ける。

そこに立つ同僚騎士ともう一体の軍用ゴーレムへ――


「マーク砦の将兵へ告ぐ！」

毅然とした女の声が、夜気を劈《つんざ》いた。

「私はマシェリの森のエルフ、ジェニ！　真君カイ＝レキウスにお仕えする筆頭騎士ジェニだ！

そして此度は我が君の剣として、卿《けい》らを討てと命じられている！」

堂々と宣言する、蜂蜜色の髪の妖精騎士。

クールながら少女の如く可憐《かれん》な容姿と、エルフ族以外には真似できない華奢《きゃしゃ》な肢体の持ち主だが、見た目で侮ってはならない。齢《よわい》三百の、剣技にも精霊術にも長けた歴戦の猛者だ。

身に纏《まと》うはローザ同様、カイ＝レキウスが魔術で誂《あつら》えた軽装鎧。

そして顔のない藍青《らんじょう》の巨人を象《かたど》った、軍用ゴーレムの右肩に立っていた。

銘を〝雷神〟。

ローザが駆る〝火神〟と同じく、三百年前の乱世において〝十二魔神〟と恐れられた、カイ＝レキウスお手製の決戦兵器の一体である。

「聞きなさい、〝雷神〟――」

ジェニの左手にも今、〝雷神〟の心臓たる大粒のサファイアが握られている。

「――隣で赤いのが世迷言をほざいていたが、陛下の筆頭騎士はこの私であることを、誰の目にも見える形で証明する必要がある。だからあなたの全力を、私が使いこなしてあげます」

「ちょっと！　聞こえたわよ、ジェニ！」

耳聡《みみざと》いローザが、大声で批難してきた。

互いに巨大ゴーレムに乗ってる以上、彼我の距離も十メートルを超えているのだが、ジェニの台詞を聞きつけるとは本当にどんな聴覚をしているのか。

「騎士ローザ。あなたは剣の天才という触れ込みだが、要するに身体能力や運動神経、知覚能力等が人間離れして、野生の獣じみているだけという話なのだろうな」

「なんですってぇ⁉　ケンカなら買うわよ⁉」

ジェニの敢えての安い挑発に、気の短いローザが覿面《てきめん》に激昂《げっこう》した。

――まさにその時だ。

ローザの駆る〝火神〟が長い首を巡らせ、ジェニの乗る〝雷神〟にぶつけてきたのである。

全高十五メートルの巨体を持つ軍用ゴーレムだから、その怪力は凄《すさ》まじいの一言。鞭《むち》のような頭突きを食らった〝雷神〟が、たたらを踏んだ。

ジェニも咄嗟《とっさ》にバランスをとったが、危うくジャイアントゴーレムの肩から振り落とされるところだった。

「ケンカを売っているのはどちらだ、騎士ローザ！」

「い、今の頭突きはあたしじゃないわよっ。この子が勝手にやったのよっ」

「それでも騎士か、苦しい言い訳はやめろ！」

気は長い方だと自認しているジェニだが、同僚の浅はかな言動はさすがに腹に据えかねた。

思わず〝雷神〟の心臓を握り締めて、ローザを怒鳴りつけた。

――まさにその時だ。

ジェニの乗るジャイアントゴーレムが勝手に右腕を振り上げ、ローザの駆るドラゴンゴーレムの側頭部へ裏拳を叩きつけたのである。

「仲間割れとはいい度胸じゃない、ジェニ！」

「い、今の裏拳は私が命じたことではないっ。〝雷神〟が勝手に動いたのだっ」

「あんたこそ、それでも誇り高きエルフ⁉　子供みたいな言い訳はやめなさいよ！」

ローザが怒鳴り返してきて、〝火神〟がまた長い首で〝雷神〟にどつき返してきた。

「あなたこそ先にやめろ！　そんなに私の足を引っ張りたいか！」

ジェニが再度怒鳴り返すと、〝雷神〟がまた勝手に拳を作って〝火神〟を殴りつけた。

「ハァ⁉　あたしの能力を妬んで、戦が始まる前に陥れようとしてるのはあんたでしょ⁉」

ローザが再々度怒鳴り返してきて、〝火神〟がとうとう体当たりを仕掛けてきた。

「私が当然武勲を樹てることが、悔しいのはあなたの方だろう騎士ローザ！」

ジェニが再々々度怒鳴り返すと、〝雷神〟がまた勝手に動いて〝火神〟に逆体当たりをぶちかました。


頭に血が上った二人は気づかない。

宝石《しんぞう》を握り締めながら罵り合う彼女らの――その強い強いライバル心を二体のゴーレムが汲んで、自律的に殴り合っているのだと。

結果として、彼女らの意図せぬ同士討ちが発生しているのだと。

巨大ゴーレム二体による内輪揉《うちわも》めは大変にド派手で、またそれだけに見苦しかった。

周囲にいる将兵らを、さらには本陣で見物するカイ＝レキウスを呆《あき》れさせていた。

マーク砦の城壁上に整列し、防衛準備をすませた敵兵らまで、この茶番劇に失笑していた。

気づかぬは本人たちばかりであった。

と――

そんな二人の頭を冷やす、一陣の風が吹く。

重く巨大な何かが、夜空を切り裂いて舞い降りる、その羽ばたきで発生した凄まじい突風だ。

ローザが、ジェニが、敵味方を問わず将兵らが、何事かと天を見上げる。

その正体は、鳥を象《かたど》った軍用ゴーレムだった。

ただし翼の数は四枚で、鋼鉄の体を持ちながら魔力によって宙を翔《かけ》る。

銘を〝風神〟。

これもまたカイ＝レキウスが練造魔術の秘奥を以《も》って製作した、〝十二魔神〟の一体である。

無骨一辺倒の〝火神〟や〝雷神〟と違い、細く優美なシルエット。

その背中にはなんとレレイシャが跨《また》がり、手綱を握っていた。

「マーク砦の将兵へ告ぐ！　命が惜しければおどきなさい！」

いつになく勇ましい声で宣言するや、〝風神〟を駆って砦へと突撃していく。

狙いは城門、一点だ。

付近の城壁に立っていた敵兵たちが、おおわらわで左右に逃げ出す。

レレイシャに通告されるまでもなく、巨大な鋼の塊が高速で飛来すれば、人の生存本能がそうさせる。

そしてレレイシャの駆る〝風神〟は、砦の城門へ頭から突っ込んだ。

その衝撃たるや、破城槌《はじょうつい》の比ではなかった。

鉄板と鋲《びょう》で裏打ちされた門扉《もんぴ》を、一撃で粉砕した。

勢い余って砦内へ突入した〝風神〟は、羽ばたき一つ、再び天の頂へと翔《か》け上がる。

「今です！　全軍突入！」

その背に跨るレレイシャが、妙なる声で号令する。

突如の急展開に意識がついていけていなかった麾下《きか》将兵らも、それで我に返った。

「攻撃開始！　攻撃開始！」

「マーク砦はレレイシャ様が無力化してくださった！」

「攻め陥とすは今ぞ！」

「我に続けッ」

各級指揮官として配置された、レレイシャの顔を知る騎士たちが隷下の部隊を統率し、我先に争うようにマーク砦へと前進を始める。

兵らの足取りは勇猛そのもの。

実際、城門を失った砦など恐ろしくもない。

まして彼我の兵力差は一・五倍以上もあるのだ。

対照的に、狼狽《ろうばい》したのはローザとジェニの二人だけ。

「ま、待ちなさいよ、あんたたち！」

「……なんたる失態だ」

味方が全軍突撃を開始したため、巨大なゴーレムを駆る彼女らは動くに動けない。

この状態で砦攻めに参加しようものなら、友軍を踏み潰してしまう。

怒涛《どとう》の如く攻めかかる五千の兵らを、指をくわえて見守るしかない。

なんという屈辱か！

恐るべき性能を有する軍用ゴーレムを主君から借り受けておきながら、この有様とは。

無言で肩を震わせ、恥辱に堪えるローザとジェニをよそに、ほどなく戦は決着がついた。

大敗を悟ったマーク砦から、降参の白旗が上がったのだ。

そんな地上の様子を高覧し――
レレイシャが月を背に、勝ち誇るように優美な笑みを浮かべていた。

◇◆◇◆◇

「やらかしたな」

俺――カイ＝レキウスが端的に言うと、ローザとジェニが「くっ」と歯噛《はが》みした。

「面目次第もございません、陛下」

「罰なら甘んじて受けるわよっ」

俺の前に跪《ひざまず》いていた二人が、地面に額を擦りつけんばかりに頭を下げる。

マーク砦を征服した直後、論功行賞の場のことである。

俺は敢えて入城せず、帷幕も移さず床几に座したまま、臣下らと相対している。

「ローザ、ジェニ。おまえたちが互いをライバル視していることを、俺は好ましく思っている」

下がったままの二人の頭に、俺は苦笑いしながら声をかける。

「互いに切磋琢磨《せっさたくま》する関係は、素晴らしいものだ。そういう人間の存在は周囲にもまた影響を与え、組織を活性化させる。俺が作りたいのが、まさにそんな軍団だ」

二人に対してだけでなく他の者たちにもよく聞こえるように、噛《か》んで含めるように語る。

「しかしライバル心をこじらせて、足を引っ張るようではダメだ。それは俺が唾棄する行為の一つだ。わかるな？」

「……はい、陛下」

「あ、あたしだってそれくらい、わかってるわよ……っ」

「しかし〝火神〟と〝雷神〟が勝手に暴れ出して、手が付けられなかった、と？」

俺は二人が置かれた状況に、理解を示す。

ローザのようについ反発してしまうタイプでも、それで素直にうなずく。

上に立つ者はすぐ頭ごなしに叱りがちだが、それでは良い臣下は育たないし、ましてや忠義など得られない。

なぜ臣下が失態を犯したのか、その立場や心情を酌んだ上で教え諭さないといけないのだ。

「〝火神〟と〝雷神〟は、俺の〝十二魔神〟の中では一番従順な奴らでな。己が認めた乗り手ならば、その気持ちを察して自ら率先して動き、褒めてもらいたがる——そういう可愛いところがある。ローザ、ジェニ。おまえたちは互いを蹴落としてでも、自分が手柄を立てたい。そんな気持ちが微塵《みじん》もなかったといえるか？　〝火神〟と〝雷神〟はその気持ちを忖度したのではないか？」

「「うっ……」」

ローザとジェニが呻《うめ》き、声に詰まる。

思い当たる節だらけだったのだろう。

だがすぐに、

「……猛省いたします、陛下」

「あ、あたしも……」

二人ともしゅんとなって、心からの反省の色を見せた。

ならばよい。

「おまえたちにはまだ〝火神〟と〝雷神〟は早かったようだ。奴らを取り上げ、罰とする」

俺が沙汰を言い渡すと、ローザもジェニも承服して一層頭《こうべ》を垂れた。

一方、他の騎士たちの中には、「罰が軽すぎるのではないか」と不服げな者たちがいた。

その者らにも教え諭す必要を感じ、俺は告げた。

「確かに信賞必罰が、俺の信条だ」

別に偉そうにするほどのことでもない。

まともな為政者が十人いたら、十人とも同じことを言うだろう。

だが俺には、一つだけ注意している問題がある。

「信賞必罰という思想は、あまりに単純明快すぎてな。得てして脳死で使いがちなのだ」

功績には報い、過失には罰を与えるのは、当たり前の話すぎる。

にもかかわらず、それができているから自分は為政者として十全だと思い込む輩は多い。

信賞必罰を行うに当たって肝心要なのは、一つの功績や過失に対してどれだけの褒美や罰を与えるか、その匙加減《さじかげん》の適正さなのだ。

そこに頓着をしない者の多いこと、多いこと。ゆえに脳死だ。

「わかるか？　なんでもかんでも厳罰を与えればよいというものでは、決してないのだ」

人に罰を与える意味とは？　メリットとは何か？

一つに見せしめだ。誰かが罰を受けるのを他の者が見て、自分は同じ轍《てつ》を踏むまいと襟を正す。その効果に期待できる。

だが、俺はそこを重視しない。

臣下に罰を与えるのは、反省を促すためだと心得ている。

その者が真に猛省し、以後二度と失態を犯すことがないのなら、罰など軽微でも形だけのものでも構わないのだ。

「このたびのローザとジェニの失態は、まあ他愛もない範疇《はんちゅう》だ。しかもこの通り反省している。だから罰も軽くてよい。しかし、もし再び同じ失態をしでかすようなら、その時は重い罰を与え、より強い反省を求める」

それが俺の「必罰」だ。

加えて、一つ釘《くぎ》を刺しておく。

「だからといっておまえたちが、『どうせ罰は軽い』と高を括り、気を緩めるようならば――俺はいくらでも綱紀粛正に走るゆえ、心しておけよ？」

「「「御意」」」

弛緩《しかん》などしていないと慌てて証明するように、臣下たちが一斉に腰を折る。

ローザとジェニの沙汰に関しても、皆が納得できたようだった。

しん、と水を打ったように静まり返った帷幕の中。

くすり、と微笑する者が一人。

俺の隣に侍るレレイシャだ。

「『必罰』が済みましたなら、次は『信賞』の番ではございませんか、我が君？」

「そうだな。こたびの勲功一等は、城門を突破したおまえで間違いあるまい」

「あらあら、それではまるで私が催促したようで、恐縮ですわ」

事実しっかり催促したくせに、ぬけぬけと惚《とぼ》けるレレイシャ。

こいつのこういう茶目っけに、俺はいつも愉快にさせられる。

「褒美に何を望む？」

「そうですわね。私は欲のない性分でございますので、自分で考えるのはなかなか……」

とっくに腹案があるくせに、レレイシャはさも今考える素振りを見せる。

「今宵は星が綺麗《きれい》ですわ。叶《かな》いますなら我が君と一晩、夜空を愛でながら語らう権利を頂戴いたしたく存じます」

「ハハ、わかった！　許そう」

これだけ大勢の前で、堂々とイチャイチャさせろと要求してくるレレイシャに、俺は声を出して笑わされる。

こいつの図太いまでに俺の愛情を求めてくるところも、本当に可愛い奴だと思う。

「う、羨ましい……っ」

「声に出ているぞ、騎士ローザ」

ローザとジェニが跪いた格好のまま、羨望の眼差しでレレイシャを見上げていた。

うむ、より深く反省を促すことができて重畳だ。

次の戦場ではきっと正しく発奮してくれることだろう。


レレイシャの後も、次いで城内に突入した部隊の指揮官を勲功二等にするなど、俺は速やかに論功行賞を終わらせた。

マーク砦の城主が潔く、早々に白旗を上げてくれたため、俺の臣下にとってはあまり手柄の立てる機会のない戦場になってしまったが、これは致し方ない。

さて――

最後に残った案件は、その敵城主やほぼまるまる投降することとなった三千人の捕虜の、処遇である。

「砦の責任者を連れて参りました」

と、フォルテが陣幕の外から連行してくる。

見れば、最初に軍使としてやってきたあの青年騎士。

「おまえが責任者なのか?」

「将軍閣下は砦失陥の責をとり、自刃なさいました。後のことはこのカミオンに全て委ねると遺言を託されて……」

名をカミオンというらしい青年騎士が、嗚咽《おえつ》を堪《こら》えた表情で答えた。

「そうか……。会うことは叶わなかったが、惜しい男だったようだな。遺体は故郷に持ち帰り、丁重に葬ってやるがよい」

どこまでも潔い敵将に敬意を表し、俺はしばし冥福を祈った。

一方、カミオンは神妙な態度のまま、

「ありがたきお言葉です。しかし、私もまたおめおめ生きて帰るわけには参りません。カイ＝レキウス殿――御身を本物の君主と見込み、お願いがございます。どうか私の首一つで済ませ、我が兵らには寛大な処遇を賜りたい」

「いや、それには及ばぬ。捕虜の虐待は俺の趣味ではない。兵は全員、生かして帰すゆえ、おまえが率いるがよい。城主に託されたのであろう、カミオン卿?」

頼まれずとも、俺は最初からマーク砦の誰にも首を要求するつもりはなかった。

城主にだとて生きたまま会ってみたかった。

しかしカミオンは信じ難い様子で、

「よろしいのですか、カイ＝レキウス殿。兵はともかく私を生かして帰せば、御身の首級を狙う騎士が一人増えることになりますぞ？　恩を仇《あだ》で返しますぞ？」

「よい、構わぬ。それを忠義と呼んでも、不義とは呼ばぬことを約束しよう」

俺は鷹揚な態度でうなずいた。

「重ね重ね、感服仕《つかまつ》りました……」

一礼するカミオンの挙措からは、紛れもない畏敬の念が感じられた。

そしてまたフォルテに連れられて、帷幕を出ていく彼の背を見送る。

レレイシャもそれを待って、

「では我が君――砦攻めの総仕上げを」

「そうだな」

俺は床几を立つとレレイシャやローザ、ジェニを供に帷幕を出た。

陣幕の外では我が将兵らが整然と列をなしており、また俺のために道を空けて待っている。

その道の先には、マーク砦の偉容が。

ただしもう無人の砦だ。

俺が命じて、敵味方問わず一人も中に残さぬようにしてある。

カミオンらルナロガ州の兵らには武器を捨てさせた上で、砦がよく見える場所に一所にまとめて立たせておいた。

そんな彼我合わせて八千の将兵らの視線を俺は一身に浴びて、マーク砦の前に立つ。

「始めよう――」

と宣告し、朗々と呪文を詠唱する。

逞《たくま》しき杉の尾　重厚なる鋼の骨
以って豊穣《ほうじょう》の女神を組み伏せ、恐慌させせよ
千年の静謐《せいひつ》は一瞬の憤怒で崩れん
汝《なんじ》、大地の王なり

二本の指を立てて「刀印」も切り、術式を完成させせる。

四大魔術系統の第十二階梯《かいてい》、《一局収束大震撼《ギャラスベヘグラム》》。

その効力により、砦という巨大建造物が土台から激震する。

揺れる地面が液状化し、支えを失ったマーク砦は自重によって崩壊していく。

轟音《ごうおん》に次ぐ轟音が黒天の下に響き渡り、聞く者の肚《はら》までもズシンと揺るがす。

そして、俺が魔術によって起こした局所的大地震により、砦一つが丸ごと瓦礫《がれき》の山と化した。

魔術が廃れてしまった現代においては、人の身に為せる業とは思えまい。

俺の将兵たちは歓喜に沸いてカイ＝レキウスの名を讃《たた》え、ルナロガ州の将兵たちは絶望に打ちひ

しがれて俺を悪魔と呼んだ。

まあ俺は俺なので、誰になんと呼ばれてもかまわん。

賞賛も誹謗《ひぼう》も一顧だに値しない。

「休息と軍の再編の後、次へ向かうぞ」

と砦一つを破壊せしめた感慨も特になく、レレイシャらに淡々と告げる。

「ホントに壊しちゃっていいわけ？　あたしらだって使えたのに、もったいなくない？」

とローザは怪訝《けげん》そうにしていたが、

「あなたは知らないだろうが、これがカイ＝レキウス陛下の本来のやり方だ」

とジェニがクールな顔をしつつ得意げに答える。

このエルフの娘は三百年前にも、末席とはいえ俺に仕えていた。だから完全に新参のローザに対してマウントをとっているわけだ。

「なんで奪った砦を壊しちゃうのよ！」

ローザが、子犬が噛みつくような剣幕で俺に訊《たず》ねてきた。

俺に関してジェニが知っていて自分が知らないことがあるのが、我慢ならないという態度だ。

わかった、わかった、とあやすように教えてやる。

「俺はいつまでもこの地に留まるつもりはないし、俺のいないところでよからぬことを企む輩も、立て篭《こも》る拠点がなくてはやり辛いからだ」

一日でも早く帝国を斃《たお》し、魔術の研鑚《けんさん》に没頭したい俺にとって、足場をゆっくり固めながら進軍するつもりはない。

三百年前もそうだった。

戦乱の世に終止符を打つため、俺は拙速を貴んだ。

しかしそうなると、一度は俺の征服を受け入れ、臣従を誓ったはずの奴らが——俺という嵐をやり過ごした途端——反旗を翻すという事態が起こり得る。

ゆえに俺は造反した連中を早期鎮圧できるようにするため、砦や城塞といった防衛に適した拠点は最初から破壊することにしていた。

このマーク砦のような完全な軍事施設なら原型も留めぬまでに叩き壊すし、民らの住む城塞都市なら外郭となる壁を打ち崩すのだ。

どんなに叛意《はんい》を抱いている者でも、防衛拠点なしに挙兵するのは躊躇《ちゅうちょ》を覚えるのが、人情というもの。

ろくに抵抗できずに鎮圧される未来がアリアリと見えれば、自然と武装蜂起は諦める。

「つまりは砦を破壊しておけば、反乱を未然に防ぐこともできるというわけだな」

「乱暴とは思うけど理屈はわかったわ。でもじゃあ、なんでアーカス州ではそうしなかったわけ？」

「俺にとっても一つは拠点が必要だ。そして現在の〝夜の軍団〟にとっては、アーカス州がそうだからだ」

戦に必要な金穀物兵、全てアーカス州から捻出している。

いずれはもっと中央の土地を征服して、大陸西端のアーカスから拠点を移す計画だが、その時は同州内の砦という砦、町という町の外壁を撤去することになるだろう。

「逆に言えば、このルナロガ州は新拠点にするには中途半端。帝国打倒のただの途上、俺にとっては通り道にしかならん」

地政学的に見て、そう判断した。

だから今後も遠慮なしに、陥とした端から砦や城塞を魔術で破壊していくつもりだ。

「じゃあ最後にもう一個だけ、身も蓋もないことを訊《き》くんだけど……」

「遠慮するな、おまえらしくない」

俺の軍門に降っておいてなお、俺にずけずけとタメ口を利くおまえのはねっ返ったところを、気に入っているのだからな。

「どうせ砦を丸ごと破壊するなら、開戦同時に敵の守備兵ごとやってしまった方が早くない？」

「確かに防衛の魔術も廃れた現代なら、その方が面倒はなかろうな」

俺が率直に答えると、ローザがわずかに首を竦《すく》める。

たとえできるとしても、そんな真似はして欲しくない――彼女の不安げな目がそう訴えている。

安心させるように俺は答えた。

「『帝国』打倒は半ばは俺のワガママだし、血の一滴も流さず国家転覆を謀るだなどと偽善を言うつもりはない。人一人の死に、いちいち流す涙もな。しかし、それでも俺は快楽殺人者ではないし、虐殺など可能な限りは避けたいのだ」

「そ、そうよね！　あんたは自分の流儀とか哲学にうるさい男だものねっ」

ローザは納得とともに安堵《あんど》した。

さらにはレレイシャが、

「我が君のご慈悲だけの話ではありませんよ、ローザ卿」

とルナロガ州兵の方を指す。

若き騎士カミオンが率い、すごすごと撤退を開始した彼らの背中は、哀愁を漂わせていた。

砦一つをいとも容易《たやす》く破壊した俺への恐怖に、彩られたままだった。

「彼らが郷里に帰るにせよ、また別の部隊に服役するにせよ、我が君が如何《いか》に恐るべき魔術の使い手か、言いふらしてくれるに違いありません。それはルナロガ州の厭戦《えんせん》ムードに繋《つな》がり、また州軍の士気を挫《くじ》くことになるでしょう」

「下手に殺すより生きて帰ってもらった方が、回り回ってあたしたちが得するってわけね！」

「慈悲と実利を巧みに折衷させる、陛下の深謀遠慮に衰えなしであらせられるな」

俺の方針にローザが笑顔を見せ、ジェニが感心する。

ともあれ今回の砦攻めで、戦に関する様々な俺の方針というかやり方を、ローザや他の将兵たちにも見せることができた。

皆もおいおい慣れてくれることだろう。

上から下までポリシーの一貫した軍団は、精強となる。

俺はそれを期待している。

そして――

ある種のポリシーが一貫しているということに関して、ルナロガ州の民らこそ徹底されていることを、俺はすぐに知ることになる。

マーク砦の次の戦略目標、城塞都市コンカスで。

◇◆◇◆◇

コンカスは、ルナロガ州で最も西に位置する都市だ。

中央から遠いため人口は二万とさほどでもないが、一朝事あらばその中央からの援軍を待ち堪えることができるようにと堅固な城郭を備えている。

とはいえ、所詮は盛り土を石レンガで覆っただけの原始的な城壁だ（否、これが今の時代の最新式と言うべきか？）。俺の〝十二魔神〟の突破を阻むことなどできない。

市長か駐留軍の長か、コンカスの責任者もそれはわかっているはずだ。

マーク砦から逃げ帰ってきた将兵らに、さんざん忠告されたはずだ。

「ゆえに戦う前に降伏してくれればよい――そう思ったのだがな」

俺は辟易《へきえき》した顔でそう吐き捨てた。

今、俺は城塞都市の前に将兵を並べている。

騎馬を駆るローザとジェニも、レレイシャの乗る〝火神〟も最前線に立っている。

降伏勧告は既に済ませた。

応じれば権力者も民も別なく、命はおろか家財も保障すると約束した。

望む者には、自由に市外へ退去することも認めた。

こちらが圧勝できる状況では、破格の条件といえよう。

もしこれが戦乱の世ならば、とっくに攻め入り、火を放ち、略奪の限りを尽くす――俺はやらなかったが、しかしそれが当たり前のことだった。

そんな極めて情のある勧告に対する、コンカス市長の返答を頂戴しているところだった。


「我ら信心深きルナロガの民は、決して暴力には屈しない　まして吸血鬼如きに頭を垂れない！」

五十がらみの男が、城壁の上で威勢よく宣言する。

聖職者でもあるのだろう、かえって鼻につくほど清貧さをアピールする質素蒼白《そうはく》の貫頭衣を纏っている。

「貴様ら邪悪の徒にはわかるまい！　我ら敬虔《けいけん》なるルナロガの民は、水と輪廻《シュタール》の神のご加護を賜っておるのだ！」

と叫んだ市長に続き、そうだそうだと合いの手が入る。

奴の周囲には、そして俺たちに対面する西側の外壁いっぱいには、コンカスの市民たちがずらりと立っていたのだ。

老いも若いも、男も女も、母親に抱かれた赤子まで——全市民二万がひしめいていたのだ。

そんな無辜《むこ》の民を、市長は己が信仰心に酔い、純粋たる善意でアジテートする。

「我らルナロガの民は、〝蒼の乙女〟ファナ・クレアーラ様に背くくらいならば、死を選ぶ！」

「「「そうだ、そうだ！」」」

「貴様ら邪悪の徒は知るまい！　〝蒼の乙女〟様はシュタール神より賜った奇跡の御力により、我ら信徒を死後必ず天国へと送ってくださるのだ！」

「「「そうだ、そうだ！」」」

「ゆえに我らルナロガの民は、死など恐れない！　魂を売らない！」

「「「そうだ、そうだ！」」」

「吸血鬼の邪悪な牙にかかり、眷属となって永遠に地獄を彷徨うことこそ、我らにとっては恐怖である！」

「「「そうだ、そうだ！」」」

「不信心なアーカスの民輩《たみばら》を支配できたとて、我らの魂と尊厳まで奪えると思うなよ、吸血鬼！」

「「「そうだ、そうだ！」」」

「我らの覚悟と信仰心を見よ！」

市長はそう叫ぶと、城壁から飛び降りた。

それに続いて市民らが、次々と身を投げ出した。

皆、笑顔だった。これで天国へ行けると信じて疑ってなかった。

泣き叫ぶ我が子を抱いた母親さえ、笑顔だった。


そして、誰も助からなかった。


「愚かな……」

俺は砂のように乾いた声で吐き捨てる。

他に言葉が出てこなかった。

彼らの覚悟と信仰心を侮蔑するつもりはない。

しかし、無知だ。度し難いほどの無知だ。

「〝蒼の乙女〟は確かに、どんな悪人であろうとも天国へ送る力を持っている……」

俺はそれを三百年前、この目で確認した。

弟嫁である当時の〝蒼の乙女〟アンナ姫が、死刑囚にさえも憐《あわ》れみをかけて奇跡の力を使い、またその死刑囚の魂が天に召されていく様を、しかと目撃した。

「だが〝蒼の乙女〟の力は、死した直後でなければ奇跡を起こせぬ」

俺は今、胸が悪くなるこの感情を圧《お》して、城壁の足元に広がる惨状を直視する。

魔力を凝らした目で——常人には見えぬものを〝視る〟魔術師の目で、心を殺して観察する。

首があらぬ方へ曲がった死体から、魂が遊離していく様を。

ある者の魂は昇天し、「天国」と呼ばれる異世界へ向かっていく様を。

またある者の魂は、「地獄」と呼ばれる異世界へ堕《お》ちていく様を。

二万の市民それぞれが、生前の罪科によって裁かれていく様を。

母親に抱かれて死んだ無垢《むく》な赤子の魂が昇天し、我が子を殺したその母親の魂が地獄へ堕ち、無残に引き離されていく様を。

そうしてものの五分もしないうちに、二万人分の魂全てが天《うえ》か地《した》かに消えていった。

こうなってはもう手遅れだ。

たとえ奇跡の力を持つ〝蒼の乙女〟であろうとも、地獄堕ちが確定してしまった者を救済することはできない。

「俺に屈したくなければ、それでよかった。逃げ道は用意してやっていた。死ぬ必要までなかった」

俺の降伏勧告の内容を、あの市長はちゃんと民にまで伝えていたのだろうか？

恐らくそうではあるまい。

いくら敬虔な信徒とはいえ、死後の天国行きを信じているとはいえ、二万もの民全員が喜んで自死を受け入れるとは思えない。

普通は躊躇する者が出てくるはずだ。

しかし、このままでは吸血鬼の眷属にされると市長に脅され、追い詰められていたに違いない。

そもあの市長は聖職者でありながら、〝蒼の乙女〟の奇跡の実態さえ民に伝えていなかった。

あるいは市長さえ真実を知らなかったか。もっと高位の聖職者の間で秘中とされ、自分たちに都合の良い教えを広めているか。

ありそうな話だ。

怒りで俺は震えそうになる。

だが侵略者たる俺に、義憤に駆られる資格などあろうはずがない。

だから俺は、悪辣に口角を吊《つ》り上げて笑う。

無理やりにでも笑ってみせる。

「決めたぞ」

そして、告げる。

事態を見て最前線から舞い戻ったレイシャが、隣に立って訊ねた。

「何をでございましょうか、我が君？」

「当代の〝蒼の乙女〟――総領主の娘といったか？　まずそやつを俺の手中にする」

さすれば俺はわざわざ兵馬を動かす必要もなく、労せずしてこのルナロガ州の人心を征服することができる。

なにしろルナロガの民は、これほどまでに敬虔なのだからな！

俺が〝蒼の乙女〟に黒いものを白だと言わせれば、民らも白だと認めるだろうさ。

「実に俺好みの、効率的なやり口だと思わんか？」

「ええ。実に我が君好みの、偽悪的な方針だと思います」

「フン」

レレイシャの返答が面白くなくて、俺は鼻を鳴らした。
まるで俺がその実、慈悲深い男だと言わんばかりではないか。
この〝流血王〟が、そんなはずあろうわけがないではないか。

第二章　聖堂騎士タリア

ルナロガ州都、同名のルナロガ。

クレアーラ伯爵家の居城では連日、盛大な晩餐会《ばんさんかい》が催されていた。

〝夜の軍団〟が侵略してきても関係ない。

城塞都市コンカスが陥落し、二万の民が集団自決したと一報がもたらされても他人事。

州内の下級貴族や名士たちが集まり、美食に舌鼓を打ち、浮かれ騒ぐ。

暖炉や焚火《たきび》、城内のあちこちで薪が大量に浪費され、冬の寒さもなんのその。

そんな彼らが最も夢中になるのが、色恋沙汰だ。

ダンスホールで意中の相手と踊る若い男女がいれば、中庭の植え込みの陰で不倫に興じる熟年の男女もいる。

そして彼らの大半の関心事は、「総領主クレアーラ伯の愛娘にして当代の〝蒼《あお》の乙女〟、ファナ嬢のご結婚の相手は誰になるのか？」だ。

この夜もファナ・クレアーラの姿は、会場広間の壁際休憩席にあった。

御歳十五歳。

やや幼い顔立ちの、愛くるしい少女である。

それでいて青みがかった銀髪が神秘的な風情を醸し、意図的に誂《あつら》えられた藍色のドレスが彼女をより〝乙女〟らしく見せている。

美しく、しかも大貴族の一人娘にして、宗教的権威でもある彼女。

そんなファナ嬢を狙う若者は、当然後を絶たなかった。

今も子爵家の次男が、熱心に踊りに誘っていた。

しかし、

「申し訳ございません。私は昔から体が弱く、運動をするとすぐ熱が出てしまうのです」

ファナは今日、何十度目かに口にする同じ台詞で、嫌な顔一つ見せずにお断りする。

「でしたら中庭で、静かに月を愛でるのは如何《いかが》でしょうか？」

「それも申し訳ございません。夜風に当たろうものなら、風邪を引いてしまうのです」

しつこく食い下がる子爵家次男に、ファナは困り顔になって言う。

そんな表情をしても愛らしさが失われないのは、彼女の純真な内面の表れか。

逆に子爵家次男の必死さ、滑稽さが浮き彫りになる。

遠目に、さりげなく様子を窺《うかが》っている、他の貴公子たちの失笑を買う。

「もう諦めればいいのに。無様だな」

「まあ、もしファナ嬢の心を射止めることができれば、そいつが次のルナロガ州総領主様だ。ムキにもなるさ」

「たとえファナ嬢を振り向かせることに成功しても、お父君のクレアーラ伯がご結婚を認めるか？」

「そりゃ認めるだろうよ」

「伯爵はファナ嬢を溺愛しておられるからな。政略結婚はさせず、ファナ嬢ご自身が選んだお相手と恋愛結婚をさせると、常々そうご公言なさっている」

「でも俺は建前だと思っているがなあ。〝蒼の乙女〟という最強の政治カードを、ずっと手元に残しておきたいだけだろう」

「ファナ嬢がお相手を選ばないから、いつまでも結婚しなくても仕方がない——そういうポーズだと？」

「あり得る話だ。伯爵令嬢が十五にもなってまだ婚約者も決まっていないのは、異常だからな」

貴公子たちはうなずき合い、さも自分はファナ嬢を諦めたような顔をしながら、内心では皆を出し抜いてどう〝蒼の乙女〟を口説き落とすかしか考えていない。

まだファナ嬢にまとわりついている子爵家次男にも、「早くどけよ！」と呪詛《じゅそ》を送っている。

そして、そんな浅はかな彼らの想いが、天に通じたわけではないだろうが——

ファナ嬢と子爵家次男の元に、「お目付け役」の女騎士が向かっていた。


「ヲホン！　ご歓談中、失礼いたしますわ」

「うおっ⁉」

ぬっ——と横から現れた女騎士に、子爵家次男は小さな悲鳴を上げた。

一八〇センチという長身を持つ彼女にいきなり見下ろされれば、軟弱な貴公子たちは大抵がビビる。

しかも彼女は護衛として、このパーティー会場でも鎧《よろい》を着ている。威圧感は半端ない。

ただし表情や物腰、仕種を見ればおっとりとしているし、華やかさはないが整った顔立ちとプラチナブロンドを持ったおやかな女なのだが。

彼女の名はタリア。

歳は二十。

「そろそろご就寝の時間です、姫様。お部屋に戻りましょう」

とファナに手を差し伸べる。

「ハァ!? 待てよ、まだ宵の口だろう！」

しかし返事をしたのは子爵家次男だった。

連れていかせてなるものかと、タリアとファナ姫の間に立って邪魔をする。

「ですが姫様はお体が弱いので、毎晩決まった時間にお寝《やす》みいただかなくては、ご典医殿に叱られてしまいますわ」

「ちょっとくらいいいじゃないか！ オレは子爵家の令息様だぞ!? 騎士風情が逆らうのか!?」

家ではさぞワガママ放題に育てられたのだろう若僧が、唾を飛ばして無茶をわめき散らす。

タリアは「困りましたわねえ」とばかりにおっとりと頬に手を当て、

「それを申しますと、わたくしはラルス神殿から派遣された聖堂騎士で、さらにご領主様の命を受けて姫様の目付け役を仰せつかっているのですが……」

裁きと雷を司る神ラルスとその宗派は、ルナロガ州でもなかなかの勢力を持っている。

水と輪廻《りんね》の神シュタールは雨を司る神でもあるため、雷神ラルスとは縁が強く、ルナロガ州においても両宗派は昔から良好な関係にあるのだ。

ラルスとシュタール両方を信仰する者も普通におり、そのことで批難されはしないほど。

さらに両宗派は現実面でも協力関係にあった。

シュタールの教えは平和的なもので、宗派も聖職者も公然と武力を持つわけにはいかない。

一方、裁きを司るラルスの宗派では、修道戦士団やエリートである聖堂騎士を擁するのが当然のこと。

ゆえにこのルナロガ州では、シュタール教が武力解決を必要とした時、ラルス教が代わりに修道戦士を派遣し、代行するのが古くからの習わしだった。

逆に信徒が少ないラルス教が政治的な立場を必要とした時は、最大宗派であるシュタール教が味方するのが常だった。

つまりはルナロガ州では、子爵家の次男風情がラルス教の聖堂騎士に逆らったら、同時にシュタール教をも敵に回す羽目になるのである。

ましてタリアは、クレアーラ伯からもファナ姫の世話と護衛を任されているのだから、彼女に楯突《たてつ》くことはルナロガ州総領主の権威に唾吐くことにもなってしまう。

それらのことを懇々と説教してもいいが、あまり大事にはしたくない。

「どちらの若様か存じ上げませんが、きっと酔ってらっしゃるのですね。貴殿も今夜は早くお寝みになった方がよろしいかと」

だからタリアは方便を使い、やんわりと諭した。

ところが相手は、どこまでも世間知らずのお坊ちゃんだったらしい。

「黙れ！　辛気臭い尼さんが貴族のパーティーにしゃしゃってないで、神殿で経でも唱えてろ」

形相を歪《ゆが》めて悪態をつき、鎧で覆われたタリアの胸元をノックして威嚇する。

優しく注意されただけなのに、この若者にとってはよほど神経を逆撫《さかな》でされたらしい。

「困りましたわねえ」

タリアは今度こそそう口に出すと、おっとりとした顔のまま右手を伸ばした。

そして次男坊の胸元をつかみ上げ――大の男を、片手一本で吊《つ》り上げた。

昔から体格に恵まれ、凄《すさ》まじい膂力《りょりょく》の持ち主だったタリアにとっては朝飯前だ。

しかしお坊ちゃんは覿面《てきめん》に腰を抜かす。

「ひっ、ひぃ化物ぉ……っ」

「まあまあ、どうされました？　あやして差し上げているだけですよ？　ほーら高い高い〜」

「ひ、ひぃオレが悪かったぁ……下ろしてくれぇ……！」

別にタリアは凄《すご》んでいるどころか、おっとりと微笑みかけているだけなのに、子爵家次男は怯《おび》え切って泣きわめきだす。

泰平の世に染まり果てた、荒事の「あ」の字も知らずに育った今時の貴族の若様など、こんなものだ。

つかんだ胸元を離してやると、次男坊は受け身もとれずに尻餅ついて、その格好のまま四肢をカサカサと動かして逃げていった。

それで二人のやりとりを固唾を呑《の》んで見守っていたファナ姫も、安堵《あんど》の吐息を漏らす。

「ありがとう、タリア。また今夜も助けてもらったわね」

「どういたしまして、姫様。これしか取り柄がないといいますか、生来ガサツな性分で恐縮ですわ」

「そんなことはないわ。タリアはいつも堂々としていて、それでいて根は優しいし、普段の立ち居振る舞いも優美そのものだし、昔から私の憧れの女性《ひと》よ」

「まあまあ、困りましたわねえ。姫様がわたくしなどに似てしまったら、どんな教育をしているのかとお父君に叱られてしまいます」

ファナ姫が本気で褒めてくれているのがくすぐったくて、タリアは冗談めかして微笑む。

「ではお部屋にお連れしますわ」

「ええ、お願いね」

椅子から立ったファナ姫を、タリアは軽々と持ち上げて横抱きにする。

そして、パーティー会場を後にする。

どこかの若様だろう、「またあのデカ女が姫を持ち帰りかよ！」と聞こえよがしに悪態をつかれたが、意にも解さなかった。

◇◆◇◆◇

タリアとファナ姫の出会いは、六年前のことである。

両親も属する修道戦士団で育ったタリアは、幼少時から体格に恵まれ、十四歳にして頭角を現し、栄えある聖堂騎士の一員に任命された。

その偉業が総領主クレアーラ伯爵の耳に留まり、物珍しさから一度会ってみたいと、城に招かれることとなった。

そして、伯爵に殊の外気に入られた。

タリアは武芸でもラルス神の御力を借りる祈禱《きとう》術でも、右に出る者はいない。

しかし性格は武張っても堅苦しくもなく、思い遣りに満ちたお姉さん気質。

挙措もたおやか。

加えて神殿で育った聖職者の常として、学と教養がある。それこそ堕落の一途を辿《たど》る帝国貴族よりも遥《はる》かにだ。

「九歳になる我が娘に、ちょうど頼りになる専属の護衛が欲しいと考えていたのだが、そなたならばきっとあれの教育にもよいだろう」

クレアーラ伯に上機嫌で言われ、ファナ姫の護衛を頼まれた。

時に姉妹のように、時に教師のように、遠慮のないつき合いをして欲しいと。

生臭い話で、ラルス神殿としても公権力と仲良くしておいて損はないため、正式に大司教からも任命された。

それでタリアはファナ姫と引き合わされることとなったのだ。

当時のファナ姫は今のように病弱ではなくて、遊びたい盛りのヤンチャ盛り。

並の侍女なら振り回されて倒れるところを、体力が有り余っているタリアは余裕の笑顔でつき合うことができた。

それでかファナ姫はタリアにすっかり懐いてくれたし、タリアも愛らしくて根が純朴なファナ姫のことをすぐ好きになった。

本当の妹のように思うのはさすがに畏れ多かったが、「目に入れても痛くない」という気持ちはこういうものかと知った。

ファナ姫が十歳になって本格的な淑女教育が始まると、それまでの腕白さが鳴りを潜め、一端《いっぱし》のレディとしてみるみる成長していった。

姫が持っていた聡明《そうめい》さの賜物というもので、タリアも舌を巻く想いだった。

仕えるべき相手として、尊敬の念を抱くようになったのもこのころだ。


そしてタリアが十六歳、ファナ姫が十一歳の年――

州都のすぐ隣町で、致死性の強い肺病が流行り、猛威を振るった。

このまま放置すれば、州都にまで伝染する確率が高い。

事を重く見たラルス神殿は立ち上がり、癒しの奇跡を町へ施すべく、祈禱術の使い手たちを派遣した。

本来、事態に当たるべきクレアーラ伯爵ら帝国貴族には、まともな政治能力がなかった。

また最大宗派であるシュタール教は――上層部が金まみれ欲まみれで堕落しているため――なん

のかんのとお題目を唱えて危険な慈善活動を避けた。

ゆえにこの凶悪な流行り病からルナロガ州を守ることができるのは、ラルス神殿しかなかったのである。

タリアも祈禱術の第一人者として志願し、隣町へと赴いた。

ファナ姫の護衛から一時外れることになるが、肺病の伝染拡大を恐れるクレアーラ伯からも是非にもと頼まれた。

ファナ姫だけはタリアの身を案じてくれたが、しかし流行り病が州都にまで蔓延《まんえん》すれば、この優しいお姫様にも罹患《りかん》してしまう可能性がある。

それは許せない――タリアが隣町へ赴いたのは、大切なファナ姫を守りたいという理由も大きかった。


ラルス神殿による懸命の救済活動は、劇的に効果を上げた。

やはりラルス神の御力は偉大で、タリアたちが癒しの奇跡を祈願すれば、凶悪な流行り病もたちどころに治り、町の住人は徐々に元気を取り戻していった。

神官たちが治療中に罹患する事態も多発したが、それは祈禱術で自衛できた。

一月《ひとつき》も経たないうちに終息するだろうという、明るい見込みも立ってきた。

その一方で、およそ百人に一人の割合で、癒しの奇跡が全く効力を示さず、衰弱死する患者のケースも見られた。

原因はさっぱり不明だが、解明に人を割く余裕はなく、その場合は天命と諦めて、助かる人を助けるために皆が全力を尽くした。

その甲斐《かい》あって、一月かからず流行り病は無事、終息した。

一人、治療中に罹患したまま、癒しの奇跡でも快復しない、タリアを除いて……。


「ここで死ぬのが、わたくしの天命だったのでしょう」

タリアはそう半ば覚悟した。

半ばしか覚悟できなかった。

死ぬのが嫌だった。怖くて仕方なかった。

肺を患い、食べるものも食べられず、日に日に衰弱していくこの体が苦しくてならなかった。

他者に伝染《うつ》さないよう、狭い寝室に閉じ篭《こも》り、息絶えるのを孤独に待つだけの時間は、本当に本当に長かった。

どんなに一人前に見られていても、まだ十六の娘なのだ。

ずっと泣き腫らしていた。

そして――


「助けに来たわ！」

――と寝室に飛び込んできたファナ姫の必死な顔を、タリアは一生忘れないだろう。

ファナ姫はかつてのヤンチャな少女時分のように、周囲の反対を振り切って城を飛び出し、駆けつけてくれたのだ。

姫手ずから一晩中、懸命の看病をしてくれたのだ。

「ダメです。お帰りください」

とタリアは何度も懇願した。

癒しの奇跡でも治らない病を、ファナ姫に伝染すわけにはいかなった。

「ダメよ。大人しく寝ていなさい」

とファナ姫は頑として聞かなかった。

癒しの奇跡でも治せない病を、絶対に完治させてみせるという気概が漲《みなぎ》っていた。

そしてファナ姫は、その自信が過信ではないことを証明した。

癒しの奇跡を超える奇跡を起こしてみせた。

〝蒼の乙女〟として覚醒したのが、この時だったのだ。

シュタール神の加護の全てを一身に受ける愛娘は、その神にも通ずる力を用い、タリアを蝕《むしば》む不治の病魔を退散してみせたのである。

タリアはもう咳《せき》をせず、嘘《うそ》のように楽になった体をベッドに横たえながら――

朝日を浴びたファナ姫の、いっそ神々しい姿をずっと見つめていた。

ラルス神に捧《ささ》げる信仰心とはまた別種の、だが等量の想いが姫に対して芽生えた。

「このお方こそ、私が生涯お仕えすべき人だわ」

タリアはそう胸に誓った。

◇◆◇◆◇

そして現在。

晩餐会の騒音を遠く背中に聞きながら、タリアはファナ姫を抱えて歩く。

また一方で、お姫様の愚痴を聞かされる。

「私は誰とも結婚する気はないと、態度で示しているつもりなのよ？　なのにどうして皆様、わかってくださらないのかしら」

「貴族のお坊ちゃま方は、我慢するということを教わらずに育ってらっしゃるでしょうからねえ。最後の最後にはファナ姫様のことも思いのままにできる、靡《なび》かせることができると、心のどこかで信じてらっしゃるのでは？」

「ズルいわ！　私はお父様が厳しくて、歴史とか算術とかお勉強も、ピアノとか絵とかお稽古事も、これでもかと習わされているのに。よその御家《おんけ》では違うのね」

とファナ姫が可愛らしく唇を尖《とが》らせる。

公式の場では立派な淑女として振る舞い、シュタール教の祭典時には〝蒼の乙女〟として毅然《きぜん》と儀式を執り行う少女が、タリアの前でだけ見せる甘えであった。

それだけ自分には心を許してくれている証左。

「わたくしはそんな頑張り屋の姫様が、誇らしくて堪《たま》りませんけどね。ほ〜ら、いい子いい子〜」

タリアは抱えたお姫様を、冗談でゆっさゆっさと揺すぶってあやす。

ファナ姫も無邪気に笑って、「やめて！　私、赤ん坊じゃないのよ」とはしゃぐ。

それから、

「私はお父様に感謝しているの。だから私もお父様が望むステキなレディになって、ご期待に応えたいのよ」

病弱で、床に伏せがちなのにもかかわらず、ファナ姫が学問教養を修めるのを怠けない理由がそれだった。

興味がない晩餐会に、一応は顔を出す理由も同じだ。欠席ばかりではクレアーラ伯が、自慢の愛娘を自慢する機会がなくなってしまう。

「本当に感謝しているの。結婚をするもしないも、自由にしていいって言ってくださるお父様に。本当に」

普通、貴族のご令嬢はすべからく政略結婚の道具であるから、かなり珍しい配慮である。

そして、ファナ姫が婚姻を拒む理由もまた、尋常の理由ではなかった。

「姫様には既に、心に決めた殿方がいらっしゃいますものね」

「いらっしゃった……というべきかしら。何しろ大昔の方ですもの」

笑顔から一転、憂い顔で嘆息するファナ姫の様は、まさしく恋する乙女のそれだった。

寝室に到着し、天蓋付きの大きなベッドにお姫様を下ろす。

壁には絵画がいくつも飾られている。

全てファナ姫の習作だ。

タリアはその一つへチラリと目を向ける。

黒髪黒瞳の青年の、肖像画。

歳は二十代後半くらいだろうか？

精悍《せいかん》な顔つきで、一廉《ひとかど》の武人だといわれても納得できる。

ただしこの絵はモデルを見ながら描いたものではなく、ファナ姫の頭の中にいる人物を思い描きながら筆を執ったもの。

ファナ姫の意中の人物がこの彼なのだと、タリアにだけ内緒で教えてくれた。

「〝蒼の乙女〟は前世の記憶を持っていると言い伝えられているでしょう？　あれは半分正解で、半分は的外れなのよ」

と同時に打ち明けてくれたのが、四年前のこと。

「前世のことは、ほとんど憶えていないの。ただ時々、夢に見ることがあるの。それもよほどに印象が強かった場面だけを、断片的に。いくつ前の前世のことかもわからないし、夢に見る順序だってなくてメチャクチャなのよ？」

と苦笑いしながら。

だから前世の記憶を持っていなくはないが、当てにできるほど確かな記憶はないという話。

そして、そんなあやふやなものにもかかわらず、ファナ姫が繰り返し見るのが、この肖像画の彼と過ごした日々の夢だという。

だから、そこだけははっきりと憶えているという。

「当時の私はアンナという名の王女で、隣国の王子だったこのお方に、千年経っても冷めないような恋をしていたの。永遠に結ばれることを望んでいたの。だけど当時は今から想像もできないほどの戦乱の世で、しかも二人の間にはたくさんの障害があって、それを乗り越えるためにいっぱい努力をしたのよ」

そう語ってくれたファナ姫の表情からは、今も想いを募らせていることがありありと窺えた。

千年経っても冷めない恋という表現に、一切の誇張は感じられなかった。

(でも、悲劇だわ……)

それが遠い前世の話である以上、この肖像画の彼は既に過去の人物なのだから。

「今宵も愛しの王子様と、夢の中でお会いできるとよいですわね」

ファナ姫がドレスから寝間着に着替えるのを手伝いながら、タリアはせめてもの形で少女の恋心が満たされることを祈る。

「期待すると余計に虚《むな》しくなるわ。そう滅多に見られるものではないもの」

ファナ姫が拗《す》ねるように言った。

彼女が前世の記憶を夢に見るのは、およそ週に一度の頻度。意中の王子様と会えるのは月に二、三度ほどだと以前に聞かされた。

「タリアが添い寝してくれたら、夢であの方にお会いできそうな気がする」

「どういう理屈ですか。ダメですよ？　立派な淑女が、いつまでも子供のようなことを仰っていたら」

「もうっ。前は一緒に寝てくれたのにっ」

「十五歳になるまでと、約束したはずですよ」

ますます拗ねるファナ姫を宥《なだ》め、寝かしつける。

タリアは身長同様にスタイルも恵まれている。

鎧を脱いだらもう凄いことになる。

その豊満な胸に、ファナ姫は顔を埋めるようにして寝るのが、幼いころから大好きだった。

早くに母親を亡くしたと聞いているので、甘え足りなかった代償行為かもしれない。

「は～あ、嫌だわ。結局、私に優しくしてくださるのは、アル＝シオン様だけなのね」

ファナ姫はぼやきながらも、素直に瞼《まぶた》を閉じた。

ほどなく寝息を立てた。

ヤンチャで体力を持て余した時分は、なかなか寝なくて手の焼けるお姫様だった。

しかし病がちになってしまった今は、ベッドに入るとすぐに、疲れ果てた体をようやく休めることができるとばかりに、眠りに就くのが常だった。

その安堵するような寝顔をしばし見守り、タリアは寝室を後にする。
すぐ隣に自分の部屋が用意されていて、毎日そこで起居しているのである。

部屋に戻って鎧を脱ぐと、お役目で張っていた気がほぐれる。
同時に我慢していた咳を一つ。二つ。
なかなか止まらない。
一昨日からこうだ。時折、激しく咳《せ》き込むのである。
(変だわ……。風邪ではないはずなのだけれど)
自覚症状が出てすぐに、自分に癒しの祈禱術を使っている。
風邪程度ならこれ一発で治るはずなのに、何度祈っても咳が収まらない。
(しばらく休暇をいただくべきかしら……。もし姫様に伝染ったらことですし……)
折しも冬だ。
可能な限り敬愛する姫の傍《そば》を離れたくないタリアだが、背に腹は代えられない。
(明日、ご領主様に相談を――)
一際激しく咳き込み、痛みで思考が中断された。
そしてゾッとした。

口元を押さえた手が、赤く濡《ぬ》れていたのだ。

咳に血が混ざっていた。

己の掌を凝視し、愕然《がくぜん》と立ち尽くすタリア。

（こんなこと――）

四年前、あの恐ろしい肺病に侵された時以来だった。

まさかあの病は、再発する類のものだったのだろうか？

〝蒼の乙女〟が奇跡の力を使い、完治させてくれたはずなのに、なお……？

（いえ、そんなまさか……）

とタリアは胸中で繰り返す。

そう信じ、ラルスに祈るしかなかった。

◇◆◇◆◇

ルナロガ総領主クレアーラ伯もまた私室の窓辺で、晩餐会の喧騒《けんそう》を遠く聞いていた。

妻に早くに先立たれた彼は、普段なら今ごろ他家の夫人や未亡人を相手にダンスを楽しみ、また時には一夜のロマンスと洒落《しゃれ》込むのが日課だった。

しかし今夜は、秘密の客人が訪れていた。

それも上級貴族である彼をして、決して疎かにはできない相手だ。

「伯爵閣下――こんな夜更けにお時間をとっていただき、誠に申し訳ございません」

とその客もルナロガ総領主を尊重し、慇懃《いんぎん》に腰を折る。

まだ若い、二十代半ばほどの青年だ。

帝都で流行しつつあるというファッションで、背広と呼ばれる服を纏《まと》い、棒状のネクタイを締めている（クレアーラ伯の目には斬新というより奇異に映る）。

また顔はやや癖があるものの整っている。

彼の名はサロイ。

帝都の暗部を支配する「魔道院」から派遣された、皇帝直属の魔道士である。

「いやいや、サロイ殿こそよくぞ帝都より遥々《はるばる》いらっしゃった」

クレアーラ伯は笑顔でソファを勧め、また領主手ずから棚の酒を振る舞い、下手に出る。

昔から勉強嫌いであった彼は、今の世で魔術が廃れた理由も、本物の魔術が持つ脅威も、また帝都の魔道院でのみ秘伝されていることも、全く知らない。

それでも魔道院のエリートたちが、魔法という得体のしれない力を極めた化物揃《ぞろ》いだという噂話くらいは、方々から伝え聞いている。

どれだけ機嫌を取っても足りず、まして気分を損ねることなど厳禁。

地位はクレアーラ伯が遥かに上でも、実力が違いすぎる。

「して――こたびはどのようなご用件で？」

年代物の葡萄酒《ぶどうしゅ》をサロイの銀杯にお酌しながら、クレアーラ伯は訊《たず》ねる。

「はい、閣下。カイ＝レキウスと名乗る吸血鬼の処分についてです」

サロイは形だけ杯に口をつけながら答えた。

「おお、やはりそうであったか！」

「最辺境とはいえアーカス州が吸血鬼に乗っ取られたことを、皇帝陛下はひどくご憂慮なさっておられます。また、このルナロガ州が二の舞にならぬようにとの思し召しで、僕が勅命を賜り馳《は》せ参じたという次第です」

「おお……ありがたいことだ。畏《かしこ》くもいと慈悲深き陛下であらせられる、きっと我らを見捨て賜うまいと信じておりました」

クレアーラ伯は処世術ではなく皇帝に感謝し、喜色満面となった。

〝夜の軍団〟から領地をどう守るか、正直何も思いつかずにいたのだ。

泰平の世に生まれ、たまたま伯爵家の長子だったというだけで総領主の地位を世襲した彼は、政治も軍事も明るくない。

〝夜の軍団〟への対応策など何も指示しないまま現実逃避し、今日まで遊び惚《ほう》けていた始末なのである。

しかし魔道院のエリートが応援に来てくれたのならば、これはもう大船に乗った気でいられる。

「ささっ、サロイ殿。我が領、自慢の酒だ。グッと行ってくれ、グッと」

「いや伯爵閣下。僕が参ったからといって、楽観されては困ります」

「ぬ……？」

ところがサロイにきっぱりと釘《くぎ》を刺され、クレアーラ伯は気分に水を差された。

「カイ＝レキウスなる吸血鬼、実に手強い相手です」

サロイは格好だけ杯を持ったまま、大真面目に説明を始める。

「僕は部下とともに先にアーカス州に入り、奴《やつ》の実態を調査して参りました」

だからここに来るのが遅れたと一言詫《わ》びを入れ、

「しかし結果は芳しくありません。奴のすぐ身辺に潜入させた部下たちが全員、帰ってこなかったのです」

「まさか消されたと⁉　魔道院のエリートたちが⁉」

「ええ、手練《てだ》れの部下たちだったのですが……。カイ＝レキウスなる吸血鬼も、かなり階梯《かいてい》の高い魔術師だと予測されます」

カイテイだとかマジュツシだとか、聞き慣れない言葉をサロイは口にしたが、さすが魔道士の先生は博識だとクレアーラ伯は気にも留めない。

「仕方なく我々は伝聞情報を集めることにしたのですが、その裏付けとなる話をたくさん得られました」

「それは……すると……もしやサロイ殿でも、太刀打ちは難しい……と？」

「最悪のケース、奴が戦乱の世以前から存在するような吸血鬼の真祖《トゥルーブラッド》だった場合、僕もかなり大掛かりな策を凝らす必要があります」

「なんともはや……」

自分が思っていたより遥かに深刻な事態かもしれないと知って、クレアーラ伯は絶句した。

ただ絶望するに早い。

今のサロイの発言は裏を返せば、策さえ弄せば戦いようはあるということなのだから。

「そのためにも伯爵閣下にはご協力をいただきたいのですが」

サロイはこれこそ用件だったのだろう、真剣な顔で切り出した。

「無論だとも！　我がクレアーラ家が皇帝陛下より賜りしこのルナロガを守るためならば、どんな労力や犠牲も厭《いと》うつもりはない！」

伯爵は力強い声音と態度で安請け合いした。

実際は労力も犠牲も臣下に払わせるだけで、自分は安全な城から一歩も動くつもりはなかった。

果たしてサロイはどう受け取ったか――

「伯爵閣下のご覚悟、ご見識、まさしく帝国貴族の鑑と感服いたしました」

と如才なく内心を窺わせない笑顔になって、

「つきましてはお願いがございます。まず、魔道院が動いていることを敵にも味方にも悟られたくありません。今日の訪問はぜひご内密に」

「うむ。お安い御用だ」

「次いで、閣下にお借りしたい人材がいるのです――」

とサロイは意外とも思える人物の名を口にした。

そして藁《わら》にも縋《すが》る想いのクレアーラ伯に、やはり否やはなかった。

◇◆◇◆◇

翌朝はひどく冷え込んだ。

タリアは夜明けとともに起床すると、身を震わせながらベッドを抜け出し、暖炉へ薪を足すより先に、朝の聖務《おつとめ》でラルス神へ一心に祈りを捧げていた。

そこへノックの音が聞こえ、我に返る。

「どうぞ。鍵は開いておりますよ」

入室を促すと、顔を出したのは領主付きの上級侍女である。

「失礼いたします、タリア様。伯爵様がお呼びです」

(まあ、こんな早朝から?)

聖職者であるタリアや使用人が早起きなのは当然だが、クレアーラ伯まで朝食前に起床しているのは珍しかった。

伯爵は愛娘《ファナ》と朝餉《あさげ》をとることを大切な日課としており、その時間だけは厳守するのだが、身だしなみまで整えるのは間に合わないといったズボラを頻繁にやらかすのだ。

(ちょうどわたくしも、お休みをいただきに伺おうと思っていたところだけれど……。何かあったのかしら?)

急いで身支度をするタリア。

侍女に案内されたのは、代々の当主が使う執務室だった。

つまりは私用ではなく公務の呼び出しということ。これも珍しかった。

というのも、普段のようにファナ姫にまつわる話ならば、それはクレアーラ伯にとって私事の範疇《はんちゅう》であるため、居間なり談話室《サロン》なりもっと奥向きの部屋に通されるのが常だったからだ。

「タリアか。入りたまえ」

「はい、ご領主様。お呼びにより参上いたしました」

いったい何事だろうかと、緊張を隠せない声で挨拶して中に入る。

「朝早くに、よく来てくれたね。タリア」

執務机に着いたクレアーラ伯もまた、いつもタリアに向ける親しみ深い笑顔ではなく、どこか緊迫した顔つきで迎えてくれた。

恐らくは伯爵の隣に立つ青年が原因だろう。

タリアが初めて見る人物だった。

さらには服装も見たことのない奇妙な装束《いでたち》（背広姿）だし、顔の作りもなかなか味のある美男子である。

「こちらは皇帝陛下の密命を賜り、帝都の魔道院から参られた、サロイ殿だ」

とクレアーラ伯が紹介してくれる。

魔術の真実を知らないタリアだが、魔道院の名は聞いたことがあった。皇帝直属の魔法研究機関で、多くのエリート魔道士が所属しているという認識だった。

そして、魔道士といえば陰気な老人ばかりという偏見があったのだが、

「はじめまして、タリア卿《きょう》」

とサロイはなんとも爽やかに、好青年然と挨拶してきた。

「はじめまして、サロイ様。ですが、わたくしはラルス神殿で聖堂騎士の位こそ授かっておりますが、帝国より正式な官位を拝領した者ではございません。『卿』とお呼びいただくのは、身に余る過分ですわ」

「承知いたしました、ではタリア殿とお呼びいたしましょう。それと僕も一介の魔道士ですので、『様』付けは恐縮ですよ」

「畏まりました、ではサロイ殿と」

右手を差し出してきたサロイと、堅く握手を交わす。

かなりの冷え性なのか、彼の手が氷のようだったので、内心びっくりしたが。

互いに挨拶を済ませると、クレアーラ伯が話を始めた。

「アーカス州にカイ＝レキウスなる吸血鬼が出現し、賊軍を率いて畏くも帝国に弓引いたという話は、聞いたことがあるかね？」

「はい、ご領主様。とはいえラルス神殿も先日、調査に乗り出したばかりで、あまり詳しいことは存じませんが」

タリアは率直に答えた。

新聞すらまともにない時代だ。

ニュースとは特権階級が独占するもので、タリアら平民のところまで下りてくるには恐ろしく時間がかかるのが相場。

特にアーカス州では、ナスタリア伯爵家が古くから宗教を規制しており、神殿の類の設置を認めていない。

ためにあちらにいるラルス教徒が、タリアの所属するルナロガの神殿に詳しい事情を報《しら》せてくれるといったことも起こらないのである。


それらはさておき、タリアはクレアーラ伯の口から最新状況を聞かされた。

「実はアーカス州は既に、その吸血鬼と賊軍に占領された」

「えっ」

「それどころか彼奴《きゃつ》らは余勢を駆り、このルナロガ州まで侵略しておるのだ」

「えええっ」

思いも寄らぬ驚愕《きょうがく》のニュースに、タリアは素っ頓狂な声を上げる。

幸いクレアーラ伯はその無作法に目くじらを立てず、またサロイも何事もなかったように話を続ける。

「僕が皇帝陛下より賜った勅命は、その吸血鬼の暗殺なのです」

「暗殺……ですか？　こちらも軍を率いて征伐するのではなく？」

「ええ、そうです。いと慈悲深き皇帝陛下は、妄《みだ》りに兵を挙げてはならないと仰せなのです。それはかえって世の乱れを知らしめ、民らを不安にさせると。また末端の兵らが血を流すことになると。

それらは避けよとの仰せでした」

「なるほど、素晴らしい思し召しですわ」

タリアは本気で感心した。

たまたま伯爵令嬢に仕える機会を得ているが、本来は総領主であるクレアーラ伯でさえ、タリアにとっては雲の上の人なのだ。

まして皇帝陛下など、想像すら及ばない遥か遠くの存在である。

そんな別世界の絶対権力者が、意外や民や兵など下々のことまで気に掛けるお方なのだと知り、喜ばしいことだと思ったのだ。

「タリア。おまえを呼んだ理由がそこだ」

クレアーラ伯が話を継いだ。

「サロイ殿の吸血鬼退治に、協力してはくれまいか?」

聞いて、今度はタリアは驚かなかった。

話の流れから予想がついていたからだ。

「吸血鬼は神の御心に背く邪悪な存在――その退治は魔道士の僕よりも、武術と祈禱術に長けた聖堂騎士のあなたの方が、得意とするはずです」

とサロイも協力要請した理由を語る。

「ええ、わたくし自身は吸血鬼退治の経験はありませんが、確かにラルスの修道戦士団はその昔から、神の御力をお借りして闇の住人たちを駆除して参りました。その術に長けており、わたくしも学んでいると自負しております」

「素晴らしい。あなたの信仰の力と僕の脳漿《のうしょう》を合わせ、ぜひルナロガ州を吸血鬼の牙から守りましょう」

「もちろん、わたくしも裁きを司るラルス神の騎士として、不浄の輩《やから》を成敗するのは本願ですが……」

タリアは言い淀《よど》み、クレアーラ伯の方をチラリと見る。

「ファナの護衛から外れたくないというのだろう？」

伯爵はすぐに意図を察してくれた。

咳が出るので休暇をもらうつもりだったといえど、ファナ姫の隣室に引き篭って養生するだけで、一朝事あらばすぐ駆けつけられるようにと考えていたのだ。

しかし吸血鬼退治に遠征するとなると、ファナ姫と離れ離れになってしまう。

「ものは考えようだよ、タリア。もしこのルナロガ州が吸血鬼の手に陥《お》ちれば、それこそファナを守るどころの話ではなくなってしまう」

「それは確かにそうです……」

「武人としての腕前でも、タリアに勝る者などこのルナロガにはおらぬ。そのおまえが行ってくれるのなら、私としても安心できるのだ」

本来なら頭ごなしに命令できる、それだけの権力を持つ総領主が、あくまで要請という形でお願いしてくる。

その誠意はタリアにも伝わる。

さらにはサロイも恐ろしい話を始める。

「ここに来る道中に、僕も耳にした話ですが――カイ＝レキウスは〝蒼の乙女〟たるファナ姫を差し出せと、声高に喧伝《けんでん》しております」

「えっ、それはどういうことですか⁉」

寝耳に水の話に、タリアは驚くとともに前のめりになって訊ねる。

それでサロイも詳しく教えてくれた。

「吸血鬼曰《いわ》く、もし奴を滅ぼすことのできる存在がいるとすれば、シュタール神の愛娘だけだと。ゆえに〝蒼の乙女〟を差し出すならば全面降伏だと認め、武力による侵攻を停止すると言っておるのです。しかも伯爵閣下に書状で通告するのではなく、わざわざ領民らにも聞こえるよう、方々へ人を遣って街角で叫ばせておるのです」

「吸血鬼は何を企み、そのような真似をしているのですか……？」

説明を受けてタリアはますます困惑した。

他でもない〝蒼の乙女〟を吸血鬼が恐れ、差し出せと要求する理屈はわかるが、その要求を下々にまで広く触れ回る意味がわからない。

サロイも肩を竦《すく》め、

「わかりません。しかしおかげでルナロガの民は、ファナ姫であれば吸血鬼を退治できると信じ、ファナ姫お手ずから討伐なさるよう望む機運が高まっております」

特に街道上（＝賊の進軍路上）の町々の民らは疎開を始め、中には〝蒼の乙女〟に直訴するべきだと考え、半ば難民化してこの州都を目指している者らが少なくないという。

「そんな……」

聞いてタリアは絶句した。

その難民たちがいずれこの城へ押し寄せ、ファナ姫に吸血鬼退治をさせるようにと無理難題を大勢で要求する様を、想像してしまったのだ。

そして、そんな声がファナ姫の耳に入れば——優しいあの少女のことだ——きっと責任に感じ、心を痛めるだろう。それもありありと想像できる。

「可愛いファナを、誰が吸血鬼に差し出すものか。まして虫も殺せぬあの娘に、吸血鬼退治の責を一身に背負わせるなどあってはならぬ」

クレアーラ伯が歯軋《はぎし》りした。

まさにタリアの想いを言葉にしてくれていた。

「わかりました、ご領主様——」

タリアも覚悟が決まる。

普段おっとりとした顔に、今は憤然と気迫を漲らせ、宣言する。

「姫様を狙うその不埒《ふらち》な吸血鬼は、わたくしが命に代えても退治して参ります」

そのためならば一時、ファナ姫の傍を離れるのも致し方ない。

四年前、恐ろしい肺病がこの州都に伝染するのを阻止するため、隣町まで赴いたあの時と同じことだ。

(姫様はわたくしが守る。絶対に守ってみせる)

その誓いこそ、タリアにとっては絶対のものなのだから。

◇◆◇◆◇

一日かけて準備をし、出陣の朝が来る。

タリアはファナ姫を起こす日課のついでに、州都を発つ挨拶をしようと寝室を訪れる。

すると彼女が先に起きて待っていた。

いつもはわざと寝起きでぐずり、甘えるお姫様がだ。

「お父様は詳しいお話をしてくださらないのだけれど……危険なお役目なんでしょう？」

ベッドで上体だけ起こしたファナ姫が、心配そうにタリアを見つめてくる。

少女を安心させるため、タリアは普段通りのおっとりとした笑顔になって、

「いいえ、姫様。ただの吸血鬼退治ですから、朝飯前のことですわ。姫様はご存じなかったかもしれませんが、わたくしはこう見えて聖堂騎士の称号を賜る大変に強い女ですのエヘーン」

「冗談で誤魔化さないで！」

知らないわけがないと、激しくかぶりを振るファナ姫。

「ただの吸血鬼退治だったら、わざわざタリアが出向く必要はないわ。他の修道戦士たちなり、お父様の騎士たちなりに任せればいいはずよ」

ファナ姫の鋭い指摘に、タリアは「困りましたわねえ」と頰に手を当てる。

そして、この聡《さと》いお姫様を誤魔化すのは無理だと判断し、

「確かに相手はかなり危険な吸血鬼だと予想されております。でも、わたくしが強いというのも嘘ではございませんわ」

そう言って右腕でムキッと力こぶを作ってみせる。

「信じてください。必ず勝って参ります」

「……そうね。タリアはルナロガ一番の、そして私の騎士だものね」

ファナ姫は納得したというよりは、これ以上は引き留めてもワガママでしかないと悟ったのだろう。

ベッドを抜け出すと、タリアの前で上目遣いになって、

「タリアの信じる神様とは違うけれど、シュタール神にあなたの武運を祈っていいかしら？」

「もちろんです、姫様。雷を司るラルス様は、雨を司るシュタール様とご夫婦のようとも、ご兄妹のようとも言い伝えられております。姫様がお願いしてくだされば、シュタール様を通じてラルス様のご加護があること疑いありません」

「タリアが言うなら間違いないわね」

ファナ姫はシュタール教の偶像ではあるが正式な神官ではなく、教義の解釈は本職のタリアの方が正確にできる。

「私にも戦う力があって、一緒に行けたらいいのに……」

抱きついてくると同時に、真剣にタリアのために祈ってくれるファナ姫。

「帰りを待ってくださる人がいるというのも、大事なことですわ。絶対に生きて戻ると励みになり

ますもの」

ファナ姫を大切に想う気持ちが込み上げてきて、思わず抱き締めるタリア。

それで少女もタリアの背中へ両手を回し、思い切りしがみついてくる。

互いの体温と想いを交換するような、しばしの抱擁。

「では行って参りますわ、姫様」

「お土産を楽しみにしてるわね、タリア」

ファナ姫は冗談めかしてそう言うが、見送りが湿っぽくならないようにと虚勢を張っているだけなのが伝わった。

タリアを見上げる瞳がまだ不安げに揺れていた。

「まあまあ、姫様のお好みに適《かな》う品が、果たしてこの州都《みやこ》の外にあるといいのですけれど。吸血鬼退治より難しそうですわ」

タリアは少女の気遣いだけを汲《く》み取り、不安の方には気づかないふりをして、微笑んだ。

そして優雅に一礼して出立する。


だから——その後に起きた出来事は、タリアの知らないことだ。

ファナはベッドに戻るとうずくまって、我慢していた咳をした。

咳は激しく、なかなか止まらない。

しかも口を覆った少女の手を赤く汚す、血の混じった咳。

明らかに肺を患った咳。

ファナは胸を大きく上下させて喘《あえ》ぎ、しかし涙目になりながらも一心に願う。

(どうか……どうか無事に帰ってきて……タリア……)

自分の身を顧みらず、あくまで大切な姉代わりの無事を案じ続ける。

そう——想い、願うだけだ。

こういう時、ファナは決して神には祈らない。

〝蒼の乙女〟である彼女は、確かにシュタール神に愛されていると感じる。

祈ることにより、その強大な霊力の一端《いったん》を借り、傷病を癒すだとか刀槍《とうそう》から身を守るだとか、即物的な加護を受け取ることもできる。

だがどれだけ祈ったところで、神が人の運命を操作したり、幸多き未来を約束してくれることはないのだ。

敢えて聞き届けてくれないのではなく、そもそもできない——「神」とは決して全知全能の存在ではないのだ。

そのことをファナは知っている。

否、教わっている。

遥か前世に。

他でもないカイ＝レキウスから。

第三章　神殺し

俺――カイ＝レキウスは城塞都市コンカスの一角にある、倉庫街に足を運んでいた。

時刻は昼過ぎ。

本日晴天だが、陽光も真祖たる俺の身を灼《や》くことは敵《かな》わぬ。

アーカス州から馬車で届いた糧食や矢束、医薬品といった軍需物資が、次々と庫内に運ばれ、積まれていく様を眺めていた。

さらには仕分けの差配をしている、ジェニの横顔も。

「煙草の箱はそこに積め！　違う、一つ隣だ！」

と、輜重《しちょう》兵らにきびきび指示を出すエルフの騎士。

仕事ができる女は美しいと俺は思う。

軍需物資の管理は、地味だが重要な役割だ。

腹が減っては戦はできない。〝夜の軍団〟五千人の生活が、全てここから賄われているのだ。

ジェニは几帳面《きちょうめん》な性格だし、兵らに一目置かれる実力の持ち主だし、何より三百年前の乱世で揉《も》まれた広範な軍務経験があるしで、その指揮を執らせるにはうってつけの能臣だった。

元商人のフォルテも本領としているが、あいつには帳簿上での管理や補給の計画といった、全体的な兵站《へいたん》構想の運営に専念してもらいたい。

だからまだまだ人材の乏しい〝夜の軍団〟において、ジェニのような武力一辺倒ではない優れた騎士を早々に得られたのは、まさに僥倖《ぎょうこう》といえるだろう。

と――

俺の視線に気づいたジェニが、輜重兵らに休憩を言い渡し、急いで馳《は》せ参じる。

「何事ですか、陛下」

「ただの視察だ。気にせず続けよ――と言いたいところだが、まあ兵らにもおまえにも休憩をとる良い機会と考えようか」

言外にジェニにも気楽にするよう言ったのだが、彼女はあくまで俺の騎士然として直立不動の姿勢を崩さない。

まあ、愛すべき生真面目さというか、微笑ましい限りだ。


ちなみに視察というのは、別にジェニがちゃんとやっているか調べに来たわけではない。

彼女の能力は全く疑っていない。

ただ五千人程度の規模の軍団だと、長たる俺があちこちにまで目を配っているよというポーズを、兵らの前で示してやることが大事なのだ。

そうすることで兵らは俺を身近な存在に感じ、槍《やり》働きにも一層力が入る。

これが万単位の軍になれば、兵らが総大将を近しく思うなど土台無理があるので、かえってそこら変わらない。はサボれるのだがな。臣下に丸投げで済むのだがな。

正直面倒だが、致し方ない。

俺は軍を起こした者の責務として、必要な労ならば決して厭《いと》わない。

兵権の上にあぐらをかき、義務を怠るのは、俺が唾棄する貴族どもと何ら変わらない。盗賊と何ら変わらない。

なので少しは視察らしいこともしておこうかと思い、ジェニに訊《たず》ねる。

「何か問題は発生しているか？」

「はい、陛下。いいえ、何も問題はございません。ただ……畏れながら意見具申をお許し願えればと」

「よい、よい。意見は俺の好物だ。聞こう」

俺が鷹揚《おうよう》にうなずくと、ジェニは畏まった態度で「では」と改まり、

「送られてくる中に酒や煙草、茶葉といった嗜好品《しこうひん》が多すぎないでしょうか？」

「兵らに配給する量は、羽目を外しすぎないようフォルテが調整しているはずだが。いかんか？」

「いかんことはないのですが……酒はまだしも煙草や茶は今の世では贅沢品《ぜいたく》です。魔法文明の爛熟《らんじゅく》した三百年前と違い、本来は末端兵らの口に入るものではございません。軍費の圧迫を思えば、兵らに日常的に振る舞うのは如何《いかが》なものかと愚考致します」

「なるほど、おまえの言い分はわかった。しかし配給は続けよ」

俺が答えると、ジェニはすぐさま「御意」と了解した。

ただしこいつは、忠義と盲信を履き違えた木偶人形《でくにんぎょう》ではない。

「後学のため、理由をお訊ねしてもよろしいでしょうか？」

と、命令には従うが納得のいく説明が欲しいとねだってくる。

こういう日々の態度が、こいつを能臣たらしめているのだと、俺の人材収集癖をくすぐってくれる。

だから喜んで答えた。

「俺は兵らの死にいちいち心を痛めないし、気にも病まない男だ。それが勝利のために必要であれば、いくらでも死を命じる」

「——ですゆえ、明日をも知れぬ兵らに、せめて存命の間は贅沢をさせてやりたいと？」

「それは理由の二割ほどだな」

全くないとは言わんが、重要なのはそこではない。

「末端の兵らは、軍においてまさしく使い捨ての消耗品として扱われる。取り繕わず言えば、それが事実だ。しかし俺は彼ら自身に心の中で、『己らが消耗品である』と思って欲しくはないのだ。人としての尊厳を敢えて、取り繕って欲しいのだ」

だから贅沢品を与える。

彼らのことを大切にしているのだと、言葉以上の確かなもので伝える。

「そうすることで、兵らは己らがただの消耗品ではないことを自覚し——心に兵《つわもの》の誇りが生まれる」

俺の狙いはそこだ。

兵らに誇りがあれば、どんな死闘でも勇敢に戦ってくれる。

兵らに誇りがあれば、軍規を遵守し略奪などには走らない。

逆に言えば、誇りのない兵など山賊野盗と変わらぬのだ。

「ゆえに費《つい》えが嵩《かさ》もうとも、兵らへの振る舞いを止めてはならぬ」

もっと言えば、問題がたかだか金の話ならば、百戦して百勝し、領土を電撃的に征服していけば、そんなものいくらでも転がり込んでくる。

事実、三百年前がそうだった。

「それが俺のやり方だ」

「……なるほど。誠に仰せの通りで、感服いたしました」

ジェニは大いに納得できたか、深々と頭を下げて一礼した。

「同時に、我が身の至らなさを恥じ入るばかりです。私は三百年前も陛下の軍にいたというのに、陛下のご思想をまだまだ理解できてるとはいえず……情けない」

「まあ、そう卑下するな。おまえが俺に側仕えするようになったのは、つい最近のことなのだ。これから徐々に俺のやり口を知っていってくれればよい」

「は、はい！　お側で学ばせていただきますっ」

ジェニは思わずといった様子で前のめりになり、意気込みを見せた。

うら若き乙女の如《ごと》く上気させた頬が、普段のクールな佇《たたず》まいとはまた違った彼女の魅力を垣間見せてくれる。

職務中でなければ、ジェニの華奢《きゃしゃ》な首筋に牙を立て、思う様血を啜《すす》ってやりたいところだ。

いや、別に今すぐでなくてもよいか。

「夕餉《ゆうげ》の後、俺の部屋に来るか？」

「は、はい参りますっ。早速、陛下のご薫陶をご教示賜りたく存じますっ」

俺が誘うと、ジェニが食い気味に即答してきた。

その素直さとあまりの可愛らしさに、ついからかってやりたくなる。

「ふむ。俺と睦み合うよりも、堅苦しい講義の方が所望なのか？　別にそれでも構わんが」

「こ、講義はまた別の機会で、ご寵愛《ちょうあい》の方を賜りたくっ。……私が御身にとって大切な騎士なのだと、愚直な私にも伝わるように……ぜひ……」

「ははは！　よかろう、最初からそう言え」

赤裸々な台詞を真っ赤になって紡ぎつつ、もう俺の顔を直視できなくなってうつむいてしまったジェニの頭を、敢えて乱暴に撫《な》でてやる。

「で、では私は職務がございますのでっ」

ジェニはぐしゃぐしゃになった髪を手櫛《てぐし》で整えながら、逃げるように戻っていった。

まだ赤いままの顔を、輜重兵らに冷やかされながら。

◇◆◇◆◇

その後、俺は次の視察場所へ向かった。

俺の軍をコンカスに駐留させるに当たり、兵たちには都市各所にある広場での野宿生活を命じている。

コンカスにも兵舎の類はあったのだが――何分人口二万程度の町のことゆえ――せいぜい三百人くらいしか寝泊りできない規模の建物だった。これでは〝夜の軍団〟五千は収まらない。

また住民全員が集団自決したからといって、その空き家に兵らを分散させるわけにはいかない。

平時であればそれでもよいが、今はルナロガ州を侵攻する真っ最中だ。

軍事活動中の兵らには、やはり集団行動をさせねばならない。そうでなければ気が緩む。

しかしそれは指揮官側の理屈であり、兵らからすればこれだけたくさん空き家があるにもかかわらず、自分たちが天幕暮らしを強要されるのはやはり面白くないだろう。

ゆえに俺自らの見舞いという形で、せめてものガス抜きをしてやらねばならない。


そう思って中央広場を訪れたのだがな。

俺の予想以上に、兵らはフラストレーションが溜《た》まっていたのかもしれない。

この場にいる千五百人が、真っ二つに分かれていがみ合っていた。

俺の訪れにも気づかないくらい、皆が頭に血を上らせていた。

今は互いに罵り合っているだけだが、いずれ手を出すのも時間の問題という有様だった。まさに一触即発の状況だった。

一体全体、どうしてこうなった。

俺は耳を澄ませ、兵らの口論の内容を検分する。

片側の主張曰《いわ》く――

「ローザ様こそオレたちが仰ぐべき、我が軍の筆頭騎士に相応《ふさわ》しい！」

「剣の天才とはまさしくあの方を言うのだ！　貴様らはそれもわからん節穴か⁉」

「何よりローザ様は別嬪《べっぴん》だ！」

「あの凛々《りり》しい横顔！　炎のような御髪《おぐし》！　ほとんど芸術品だ‼」

「しかもカイ＝レキウス様に対してさえ、ツンツンした態度なのがイイッ！」

「ほんとはご主君のこと大好きなのがミエミエなのにな！」

「とにかくローザ様は最高だっっっ」

――などと、馬鹿なことを口々にわめていた。

そしてもう一方の主張曰く――

「いいや、ジェニ様こそオレたちが仰ぐべき、我が軍の筆頭騎士であらせられる！」

「剣の実力もさることながら、精霊術まで極めておられるのだ！　鬼に金棒であろうが！」

「何よりジェニ様は美人だ！」

「あの華奢な肢体！　人形のように整ったお顔！　ほとんど美術品だ‼」

「しかもジェニ様に冷たい声で、命令されるたびにゾクゾクするっ！」

「ほんとはオレらみたいな兵に対してさえ、お優しい方なのにな！」

「とにかくジェニ様は至高だっっっ」

――などと、阿呆《あほう》なことを口々にわめいていた。


俺はもう呆《あき》れてものも言えなかった。


俺の兵たちがいつの間にか「ローザ派」と「ジェニ派」に分かれ、対立していただなどと、いったい誰が想像する？

あげくこんなくだらないことで仲間割れが発生し、〝夜の軍団〟が自滅した日には、俺はいったいどうすればいい？

帰って寝たい。

「はぁぁぁぁぁぁぁぁぁぁぁぁ……」

と、長い長い溜息《ためいき》が俺の口から漏れる。

すると、それを聞きつけて馳せ参じた者がいた。

我が忠実なる近侍、レレイシャである。

「申し訳ございません、我が君。全てはこのレレイシャの監督不足ですわ」

開口一番、陳謝して跪《ひざまず》く。

「いや、おまえのせいではあるまい」

兵らの監督はそれこそローザやジェニら、アーカス州出身の騎士たちに任せていた。

レレイシャはどちらかというと、俺の身の回りの世話にかかりきりだった。

今も新しく入ったメイドや料理人の教育をしていたはずだ。

それがこの兵らの騒ぎを聞いて、すわ何事かと駆けつけたに違いない。

「ですが我が君。この者たちの衝突を、このまま見過ごすわけには参りません」

「ローザとジェニを呼んで、宥《なだ》めさせろ――というわけにはいかんだろうなあ」

むしろ担ぐ神輿《みこし》が現れたことで兵らが熱狂し、火に油を注ぐことになりかねない。

「ですゆえ、このレレイシャにお任せください」

「わかった。任せた」

なんだかなあ、というやり切れない気持ちがまだ拭えないまま、俺は半ば投げやりになって言う。

しかし、レレイシャの手並みがどれだけ優れているかを、知らないわけではない。

そのレレイシャはすっくと立ち上がると、暴発寸前の兵らの方へとずんずん向かっていく。

「静粛になさい、おまえたち！　大の男が昼間から、なんの騒ぎですか！」

彼女の細い体からは想像できない声量で、ぴしゃりと言い放つ。

しかも凄《すさ》まじい迫力だ。そのたった一声で、大騒ぎしていた千五百人の兵を黙らせる。

そんな静まり返った男たちを見て、しかしレレイシャは満足せず、ビシビシと説教する。

あるいは犬の調教をしているような態度と口調で、

「おまえたちは三つの過ちを犯しています。一つ――いくら戦場の最中ではないとはいえ、兵士が規律を忘れて諍《いさか》いを起こすなど、言語道断です。恥を知りなさい」

「「うっ……」」

鞭《むち》の如く鋭く厳しい叱声を浴びて、千五百の兵たちが一様に顔を落とす。

さらにレレイシャのお叱りは続く。

「二つ――ローザ卿《きょう》であろうとジェニ卿であろうと、私に言わせればまだまだ小娘です。筆頭騎士と謳《うた》われるにも、女としての魅力を讃《たた》えられるのも、まだ十年早い」

「ま、待ってください、レレイシャ様……っ」

最初の叱責は従容と聞いていた兵らが、この言葉は受け入れられなかったようだ。

「いくらレレイシャ様といえど、今のはあんまりです！」

「そうだ、そうだ！」

「ローザ様を悪く言うなあっ」

「ジェニ様は三百歳だ！　小娘じゃない！」

などと兵らが猛抗議を始める。

ローザ派とジェニ派に分かれていがみ合っていたのも厄介な状況だったが、一丸となってレレイシャと対立すればこれまた厄介だ。

だが俺の最高傑作は意にも解さない。

「お黙りなさい！」

と兵らの抗議を、身も蓋もない一言で一蹴。

そして、

「おまえたちの三つ目の過ち、これが最も度し難い――なぜカイ＝レキウス様の御前にいながら、いつまでも突っ立っているのですか！」

レレイシャはカッと咆《ほ》えた。

同時に胸を張るように、右手を一閃《いっせん》して広げた。

瞬間、兵らが一斉にその場に跪く。

千五百人が、一人の例外もなく。

しかも連中の顔を見れば、俺がこの場に訪れていたことにまだ気づいていない様子。

にもかかわらず、強制的に膝を折らされたのである。

レレイシャは糸を使い、人間の体を操ることができる。その魔技によって。

頭《こうべ》を垂れたまま、兵らの顔が激しい動揺と畏怖で彩られる。

レレイシャの糸で自由を奪われたまま、動こうにも指一本動かせまい。

一方、俺も気まずくて仕方ない。

兵らが自然と俺を見つけたならいいが、レレイシャに言われて気づいてもらい、そこからノコノコ出ていくのは……なんというか、その……格好悪すぎるよなあ？

しかし、俺が何か一言しゃべらねば場が収まらない空気なので仕方なく、本当に仕方なく、兵らの前に出ていって告げる。

「美人が怒るとそれは怖いからな。おまえたちも以後、叱られないよう気をつけることだ」

兵らに向けた言葉というよりは、レレイシャにこの辺で勘弁してやれというサイン。

気分はアレだ。

既に母親に散々に叱られた後の息子を、むしろ庇《かば》いたくなる父親の心情だ。

レレイシャもさすが俺の心の機微をよく察してくれる奴《やつ》なので、一礼するや兵ら全員を糸から解放してやる。

これにて一件落着。

――と思いきや、様子が変だった。

兵らは体の自由を取り戻したにもかかわらず、まだ頭を垂れて跪いたまま動かないのだ。

これはどういうことだ？

レレイシャに目で訊ねるが、彼女も困惑した様子でかぶりを振るだけ。


「オレたちが間違ってましたあ！」


果たして兵の誰かが、大声で叫んだ。

それを皮切りに、他の兵らも口々に言い出した。

「『ローザ様派』だとか『ジェニ様派』だとか、ムキになって申し訳ありません！」

「オレもう二度と、仲間とケンカしません！」

「今日からオレ、『レレイシャ様派』になりますからあ！」

「俺も！」

「僕も！」

「儂《わし》も！」

「某《それがし》も！」

「「「皆で仲良くしまーっす!!」」」

お、おう……。

……これにて一件落着だな。

「さすがはレレイシャだ。兵を纏《まと》める手並みにかけても、余人の及ぶところではないな」

「お褒めの言葉は誠に光栄なのですが、この状況を果たして喜んでよいものか……」

困惑顔のままのレレイシャに、俺はそれ以上かける言葉がなかった。

◇◆◇◆◇

俺はレレイシャと別れた後、最後の視察へ向かった。

場所はシュタール教のコンカスにおける分神殿。

歴代市長が使う公館よりも、遥《はる》かに大きく荘厳な建築物だ。

このルナロガ州でシュタール教団が如何《いか》に信仰を集め、権勢を誇っているか、一目でわかろうというものだな。

中では俺の兵たちが、解体作業を行っていた。

そう――

祀《まつ》られているシュタール神や、過去の聖人たちのものであろう偶像をバラし、表面にふんだんに使われている純金を鋳融かして、軍資金の足しにするのだ。

「まあ、罰当たりな話よね」

作業監督を務めるローザが、俺を見るなり傍《そば》までやってきて言った。

真祖《トゥルーブラッド》の俺とは違い貴族種《ノーブルヴァンパイア》の吸血鬼となった彼女は、陽光を浴びれば肌が火ぶくれを起こしてしまうが、劣等種《レッサー》や通常種《ノーマル》とは違い屋内のさらに陰で過ごす分には、日中の活動も問題はない。

しかし俺が与えた任務自体には不服のようで、

「あたしは帝都生まれだし、大して信心深くはないけど、さすがにちょっと思うところがあるわ……」

と恨み節。

作業に携わる兵たちもまた、割り切れる者を見繕ったり報奨を約束したりが大変だったと、愚痴をこぼす。

「ほう。帝都の者は、信心がないのか？」

と露骨に話題を逸らした俺に、ローザは半眼になりつつも律儀に答え、

「というより本来、帝国はあらゆる宗教を禁じているのよ。信仰していい神様ってのは、建国に力添えしてくれたアル＝シオン様だけ。後は現人神《あらひとがみ》である歴代皇帝だけ。その他の神様は全部、邪神ってね。といって皆――口には出さないだけで――皇帝のことを本気で神様だと思って崇めてるわけじゃないし、じゃあ信心なんてあってなきが如しよね。帝都の民は未だそういう考えの人が大半なわけ」

昔を懐かしむような、思い出すのも苦々しいような、複雑な表情で語る彼女。

「帝都を追放されて、外の世界を知って、びっくりしたわよ。太陽神《ラミアス》だの地母神《ハマーン》だの、禁じられているはずの宗教が大っぴらに信仰されてて、神殿までドデーンと建ってて、地方に行けば行くほど信心深い民が増えていくんだもの」

そこでローザは「だけど」と断り、

「アーカス州ではナターリャさ……ナスタリア伯爵がちゃんと宗教を制限していて、神殿なんか一つもないし、民もそんなには信心深くないしで、かえってあたしは空気が馴染《なじ》んだくらいよ」

「ククク、なるほどな」

聞いて俺は皮肉っぽく頬を歪《ゆが》めた。

「そもそも俺は三百年前、大陸統一は果たしても宗教統一は行わなかった。あらゆる信仰を、従前通りに認めた」

ただし聖職者どもの宗教的権力は徹底的に奪ったし、過剰な蓄財も許さなかった。

それらは本来の信仰とは、何も関係がないはずなのでな。

まさに今、「純金製の神像」などという下衆の極みを毀《こわ》しているが、そういう真似なら大陸全土で行ったわけだ。

なに、どの宗教でも聖職者どもは清貧を謳っていた。それを建前ではなく現実にする手助けをしてやったわけだから、俺は案外聖人に列せられて然《しか》るべき貢献を果たしたのかもしれんな。ククッ。

「それが時代が下り、カリスとかいう暗愚が自らを皇帝だ、現人神だなどと僭称《せんしょう》を始めた。その権威を保つためには、他の神々の存在は邪魔だったのだろうよ。匹夫《ひっぷ》は己を高めようとせず、他を貶《おとし》めるからな。だから禁教などという愚行に走った」

「でもじゃあなんで、地方では宗教が残ってるわけ？」

「一度は禁止されたが、また後に復権したのではないか。なにしろカリスは貴族制度も復古させた大たわけだ。家臣どもの特権を認めてやらねば、上に立つこともできなかった奴だぞ？　綱紀などあったものでもないそんな国で、宗教だけ完璧に制限し続けられる道理はあるまい」

「でも帝都だけはさすがにお膝元だし、現代まで禁教を続けられたってこと？」

「恐らくはな」

「……なるほどね。ナスタリア伯爵家の領主は代々優秀だったたって聞いたし、だからアーカス州は宗教を制限できてたって考えると、筋が通るわ」

俺の推測に、ローザも異論なさげにうなずいた。

だが新たな疑問が生まれたようで、

「信仰するもしないも、帝国の都合とか人間側次第だってのはわかったけど。実際のところ神様って実在するわけ？」

「するぞ」

「じゃあアレ駄目じゃないのよ！」

ローザが目を剝《む》いて指差した。

横倒しにされたシュタール神の像が、まさにノコギリで首を切断されているところを。

「罰が当たったらどうするのよ！」

「当たらんから安心しろ」

興奮するローザを、俺は苦笑混じりに宥める。

「俺はこの世界に降臨した神と相対したことが何度もあるし、殺したことも、ある。本当に天罰などというものが実在するなら、とっくに全身から血を噴いて斃《たお》れてなければ道理に合わんな」

「殺したの⁉　殺せるの⁉　神様を⁉」

仰天するローザに、俺は「少し語弊がある」と断ってから説明してやる。

「神々という連中は、確かに規格外の存在だ。だからこそ、そのままのサイズでは俺たちの住むこの世界に降臨できない。巨《おお》きすぎて収まりきらないんだよ」

だからその存在の一部を裂き、分霊という形でこの地上に顕現する。

すなわち神ではあるが神ではない——俺たち魔術師は「亜神《デミゴッド》」と呼ぶ。

「また神々は不滅の存在だが、それは俺たちのように容《かたち》のある存在ではなく、半ば概念に近しい存在だからだ。そして容のないままでは、やはり俺たちの住むこの世界には顕現できない。だから連中が地上に降臨する時は、必ず受肉した容《すがた》で顕れる。だから亜神は殺せる」

そして実際、ローザもまた俺が亜神を殺す様を、目撃したはずである。

「護国の鬼神《エターナル・チャンピオン》に祀り上げられた俺の弟を、ナターリャが降臨させただろう？　あれも亜神だ。神となったアルの魂の全部ではなく、その一部。受肉した分霊ゆえに、殺すことができた」

思い返すのも業腹だが……俺が最初の眷属《けんぞく》として迎えたこの娘のため、後学のため、俺は努めて感情を殺し、説明を口にする。

そんな俺の内心を、ローザは慮《おもんぱか》ったのだろう。

「こ、殺せるのはわかったから！」

それ以上はもう語らなくていいと俺を押しとどめ、

「でも天罰が当たらない理由にはならないでしょ？　それはなんで？」

と急いで話題を変えようとする。

憎まれ口ばかり叩《たた》く奴だが、根は優しい娘なのだ。

おかげで俺も幾分、気持ちが落ち着いた。

穏やかな声音で質問に答える。

「そもそも神々という連中は、一般に思われているようなありがたい存在でも、取り立てて畏れるべき存在でもないのだ」

これは三百年前なら、魔術の世界に身を置く者なら、常識だった。

聖職者や衆生《しゅじょう》とは違って、俺たちは森羅万象を冷静に、冷徹に、知識を集めて分析する。

「あいつらはな、俺たちが天国だとか地獄だとか呼んでいる異世界に住む、ただの異世界人だぞ？

精霊界に住む精霊たちや魔界に住む悪魔どもと、本質的には変わらん。そりゃあ矮小《わいしょう》な俺たちとはいろいろと尺度が違うが、別に全知全能でも神聖不可侵の存在でもない」

そして、この尺度の違いというのが問題なのだ。

例えば雷神ラルスはその強大な霊力でこちらの世界に干渉し、土地一帯に気まぐれに雷雨を発生させることができる。

だが個人や建物を狙って稲妻を落とすといった、精密なコントロールはできないのだ。

第十五階梯《かいてい》魔術で竜すら屠《ほふ》る俺が、蟻《あり》の巣の中から一匹だけを識別して焼き殺すことは難しいのと同様にな。

当然、神が個人を狙って天罰を下すことも不可能。

これのどこが全知全能だろうか？

「天国も地獄もただの異世界……。神様はただの異世界人……」

「付け加えれば神々にとり、俺たちの死後の魂を手元にコレクションすることが、人にとっての食事に相当する栄養補給らしい。そして俺たちの食べ物に対する嗜好《しこう》同様に、神々にも欲しい魂の好みがあるようだ。天国に住む神々は善人の魂を好み、地獄に住む邪神たちは悪人の魂を好む、といった具合にな。差し詰め俺たちの住むこの世界は、連中にとっての食卓のようなものなのであろうな」

とうとう首を落とされたシュタール神の像を眺めつつ、俺は皮肉る。

三百年前にも冗談を言ったものだ。

当時の〝蒼《あお》の乙女〟だったアンナ姫に、「おまえの持つ『どんな悪人の魂でも天国に送り届ける力』は、差し詰め不味《まず》い食材を美味しく調理して、シュタール神に提供する行為だ」となじると、
敬虔《けいけん》な彼女は噴き出すのを必死に堪《こら》え、変顔になっていたが。

「まあ、『天国』へ行けた魂が、安らかに眠ることができるのは事実のようだぞ」

神々に大切にコレクションされるだけで、取って食われるわけではないからな。

逆に地獄へ堕《お》ちて邪神どものオモチャになれば、永劫《えいごう》の苦しみを味わわされる。

「あんた、まるで死者から直接聞いてきたみたいに言うわね……」

「実際、聞いたからな」

死霊魔術《ネクロマンシー》を使って亡者を甦《よみがえ》らせれば、死後の世界の話などいくらでも聞ける。

道理だろう？

「魔術師ってほんとデタラメな連中ね……」

「おまえも魔術の素晴らしさや、俺がその果てを極めんとする理由が、わかるというものだろう」

「うーんどうだろ」

本気で興味なさげに言われ、俺は一瞬閉口した。

ま、まあな。

男女では好みも価値観も違いがあるからな。

女の子はお人形遊びが好きだけど、男の子には理解し難いものがあるとか、その類は誰でも経験したろう。

それと同じ話に違いない。

……きっとな。


ともあれ。

「神」という存在について、ローザと詳しく話をしたからであろうか。

その晩、俺は懐かしい記憶を、夢に見るという形で思い起こすこととなった。

そう。

前世において俺が初めて「神殺し」を為した、その時の記憶を——

◇◆◇◆◇

それは俺——ヴァスタラスク国王カイ＝レキウスが二十歳となり、また後の行政区分でいうところのオリジン道《どう》二十七州を制覇した時分の話だ。

討伐対象の亜神は、身の丈八メートルはあろう巨体だった。

しかも異形。

全身は金属でできており、腕は三対六本も備えている。

またその各腕に剣、斧《おの》、槍、鎚《つち》、鉈《なた》、盾を構え、縦横に振り回す。

鋼と闘争の神アサラウダ、その分霊である。

「GYYYYYYYAAAAAAAAAAAAAAAAAAAAAAA!!」

天地を揺るがすような金切り声で咆哮《ほうこう》し、威風辺りを払うが如し。

剣を振るえば大気が裂け、鎚で叩けば大地が割れる。

その周囲にいる十七人の騎士たちを――全員、俺の家臣団でも猛者中の猛者だ――まるで寄せ付けない。

アサラウダが槍の長大な柄を使い、足元の騎士六人をまとめて薙《な》ぎ払うと、一人がその広い間合いから逃げ遅れて脇腹に食らう。

甲冑《かっちゅう》を着てなお、騎士の体がくの字に折れる。

否、俺が練造魔術で鍛えたその鎧《よろい》がなければ、体が上下に千切れ跳んでいたかもしれない。

ただ無造作な一振りでこの威力だ。

周囲の騎士たちの間に戦慄が走る。

まさしく人の分際を思い知らせるかのような、闘神の猛威。武威。

薙ぎ払われたその騎士は、一命を取り留めたものの、倒れ伏したまま起き上がることもできない。

そこへアサラウダは容赦も斟酌《しんしゃく》もなく、まるで虫でも殺すかのように斧を振り下ろす。

絶体絶命――

「させない！」

――そこへ割り込んだのは、我が弟アル＝シオンだった。

高々と跳躍するとともに、全身を使って剣で掬《すく》い上げるように斬るダイナミックな武術《龍尾《ゲーツク》》で、斧を振る闘神の腕を打ち、軌道を逸らして味方を救う。

さらに、ほとんど同時に癒しの奇跡の輝きが、倒れた騎士の全身を包む。

当代の〝蒼の乙女〟アンナ姫が、水と輪廻の神《シュタール》に祈願したのである。

「か、かたじけないっ」

倒れ伏していた騎士が、アルの武術に守られ、アンナの祈禱《きとう》術に癒され、立ち上がる。

二人の息の合った連携のおかげで、九死に一生を得て戦線復帰。

我が弟とアンナ姫が結婚して、早や四年となろうか。

日頃から仲睦まじい夫婦は、戦場でもまた比翼連理の働きを見せ、違いを作り出す。

それが他の騎士たちを大いに発奮させる。

「弟君にばかり頼ってなんとするか！」

「アンナ姫おわす限り、シュタール神の加護あらん！」

「怯《ひる》むな！　臆すな！　騎士の名折れぞ！」

鋼と闘争の神の暴威に気圧《けお》されていた騎士たちが、勇気のなんたるかを思い出すや、果敢に突撃していく――

なぜ俺たちは矮小なる人の身で、分霊とはいえ神と戦わねばならないのか？

先ごろ俺が征服したロドケル連邦の残党が、隣国と手を結んで報復の一手を打ってきたのが事の起こりだ。

二百人もの魔術師を動員して儀式に望み、そやつらを含む千人の命を生け贄《にえ》に、鋼と闘争の神アサラウダの降臨に成功せしめたのだ。

自我を剝奪され、荒ぶる神となった状態で地上に顕現したアサラウダは、本能のままに我がヴァスタラスクを蹂躙《じゅうりん》しようとしていた。

それを迎え撃つために、俺が戦場に選んだのがここリボック平野。

ここなら天上の化物を相手にどれだけ激しい戦いになっても、周囲に被害が出ないからな。

俺たちは草原のど真ん中で三日前から野営し、神を殺すための準備を整え、南下してくるアサラウダを待ち構えていたのである。

討伐チームは総勢、二十三名。

敢えて軍勢を用いなかったのは、並の兵では神を相手に傷一つつけることさえできず、幾千、幾万と数を並べたところで無駄死にさせるだけだからだ。

選りすぐりの騎士と魔術師のみが、神殺しという偉業に挑むことができる。

前衛の十六人をアルが率い、後衛は俺とアンナの他、術を心得た者を四人、帯同した。

そんな少数精鋭のうちの一人――驚くほど長身の剣士が気炎を吐く。

「オレの魂は燃え盛る炎！　鋼の神の肉体《からだ》だって熔《と》かしてみせらあ！」

滑稽スレスレの伊達《だて》な台詞を、恥ずかしげもなく堂々と叫ぶ。

奴の名はロータス。

〝アル＝シオンに次ぐ戦士《アルベルト》〟の異名を持ち、騎士叙勲時に家名とした。

またその手に持つ得物の銘は紅蓮《ぐれん》剣グエロといい、俺が鍛えた業物だ。

啖呵《たんか》を切ったロータスの心意気に応えるが如く、切っ先から火を噴く。

「足元がお留守すぎるぜ、神サンよ！」

ロータスは己が武術の威力にグエロの魔力を加え、強力な一撃を放つ。

体ごと飛び込むように斬撃を叩き込む《強濤《ゴース》》を、アサラウダの膝頭へ。

ロータスの鋼鉄《つるぎ》が激しく火花を散らしながら、アサラウダの鋼鉄《からだ》を削り裂いていく。

深い太刀傷を膝頭へ刻み付けると同時に、巨神にたたらを踏ませることに成功する。

俺は紅蓮剣《グエロ》に、持ち主の霊力（生命力）を吸うことで刀身に炎を纏わせる機能を与えた。

ロータスはその力《ほのお》を最大限に引き出していた。

紅蓮剣がどれだけ生命力を吸おうがビクともしない。

その理由には、ロータスのユニークな生い立ちが背景にある。

実はハイトロールの母親を持つ、ハーフなのだ。

一般にイメージされる粗暴で、毛むくじゃらの大男という通常種と違い、ハイトロールは奴らを奴隷として従える正真の貴種。

その姿は平均身長が三メートルあることを除けば、人族と全く変わらない。ただしエルフ同様に、極めつきの美形揃《ぞろ》い。

その長身から巨人族だと勘違いされがちだが、学術的な分類はエルフと同じ妖精族なのである。

またハイトロールはその魁偉《かいい》な肉体に相応しい膂力《りょりょく》と、生命力の持ち主としても知られる。

そんな貴種の血を受け継いだロータスもまた、身長一九〇を超す美丈夫。

さらには母親譲りの豊かな霊力のおかげで、紅蓮剣グエロを何時間でも連続使用できるというわけだ。


いや――本当に平気な顔をして使っているのを見ると、あいつにはもっと強力な魔剣が相応しいのだろうと思えてくるな。

グエロよりさらに多くの霊力を注ぎ込むことのできる仕様にして、それこそ最大火力時にはロータスでも平気ではいられないくらいにして。

火力を三段階ほどに調整できる機能さえ付けておけば、状況に応じて使い分けることもできるし、問題ない。

うん、あいつにはそれくらいピーキーな魔剣の方がお似合いだな。

いずれ完成の暁には、虹焔剣《こうえんけん》ブライネとでも銘付けよう。

――などと、悠長なことを考えながら見ていられるのも、俺が奴を信頼していればこそ。

「うおおおおおお燃えてキタアアアアアアア！」

そのロータスがいよいよ調子を上げてきた。

戦斧《せんぷ》と鉄鎚《かなづち》と大鉈《おおなた》によるアサラウダの連続攻撃を懸命に掻《か》い潜りながら、逆境に置かれてかえって闘志を盛んにする。

まさに勇者の中の勇者。

剣を脇に構えた後、渾身《こんしん》の横薙ぎを真っ向から打ち込む武術《破軍《ゴーライ》》で、振り下ろされたアサラウダの大鉈を、逆に打ち返す。

決して俺の紅蓮剣に頼っているわけではない、奴自身の実力の賜物。

ロータスは言動に軽薄のきらいがある男だが、その武術は重厚そのもの。

極めて正統派の剣士なのである。

比べれば我が弟アル＝シオンは、やや異端寄りの剣士といえるかもしれない。

怒り、猛るアサラウダの矛先がロータスに集中したと見るや、すかさず闘神の右へと回り込み、側面攻撃を仕掛けるアル。

体ごと飛び込むように斬撃を叩き込む《強濤《ゴース》》――先ほどロータスも使った武術だ。

これが我が弟が用いると、似て非なる技に見える。

より型に嵌《はま》らないというか、ざっくばらんというか。

それでいてアルが闘神の脇腹に刻み込んだ太刀傷は、同じロータスの《強濤《ゴース》》によるそれよりも遥かに鋭く、深い。

アルはさらに間髪入れず、次の武術へ繋《つな》げる。

目にも留まらぬスピードで突進し、アサラウダの腿《もも》の裏を駆け抜け様に斬り裂く。

《瞬突《ハガン》》と基本を同じくする武術で、《瞬斬《ハダン》》という。

そもそもアルは《瞬突《ハガン》》を十八番としており、奥義の域まで極めている。

ゆえに《瞬斬《ハダン》》を扱わせても、余人が及びつかぬほど鋭く、迅《はや》い。

脇腹を抉《えぐ》られた闘神の意識《いかり》がアルにも向かい、お返しに鎚を振り下ろしても、その時にはもうアルの姿は掻き消えていて、逆にアサラウダの腿裏を斬り終え、残心までとっている。

「GYYYYYYYYYYYYYYYYYYN！」

アサラウダはさらに激昂《げっこう》し、剣、斧、槍とアルへ三連撃を見舞う。

しかし闘神が巨大な得物を振り下ろした時には、アルの姿はそこにもうない。

《瞬斬《ハダン》》の三連で、場を離脱しつつアサラウダに連続カウンターを決めている。

六腕により猛攻撃を仕掛けてくる闘神に対し、ロータスや他の騎士らもよく凌《しの》いでいる。必死になって回避し、また隙を見て勇敢に逆撃を加える。

アルも結果だけとれば同じことをしているはずなのに、しかし全く違う戦い方をしているように見える。

アサラウダの攻撃を見てからかわすのではなく、攻撃が来る前にもう移動を完了している。

同じカウンターでもアサラウダの隙を見つけて行うのではなく、虚を衝《つ》くことで成立させる。

武器の応酬をしているのではなく、空間の支配をしているとでもいおうか？

結果、アルの戦いぶりから必死さや懸命さは窺《うかが》えず、どころか余裕を持って遊んでいるかのようにさえ見えてしまう。

本人は至って真剣なのだがな。いつだってこうだ。

アルが剣をとると、まるで大人と子供の戦いの如き様相を呈す。

もちろんアルを相手にする側が、あやされる子供の立場だ。

それは大陸に名を馳せた強騎士たちでも、この闘神でも変わらない。

アルという数百年に一人の天才の前では全てがかすみ、児戯と堕す。

逆にアルのそれは、まさに天衣無縫の剣術といえよう。

《瞬斬《ハダン》》という武術の中でも初歩の初歩だけを用い、奥義と変えて、鋼と闘争の神を斬り刻み続けるアル。

より難度の高い武術を駆使し、紅蓮剣グエロを持つロータスよりも、遥かに効果的にダメージを蓄積させていく。


アルが持っている剣こそ、大した武具ではないのだがなあ。

確かに俺が鍛えたものだが、まだ習作の範疇《はんちゅう》で、自慢できるのは頑丈さくらい。

そんじょそこらの魔剣よりは切れ味もいいだろうが、それも五十歩百歩の差異。

正直、俺はこの天才のためにどんな魔剣を用意してやればいいのか、図りかねているのだ。

俺の練造魔術がまだまだだという証拠。

俺が決して天才ではなく、ただ努力の人でしかないという証明。

いつかは最高傑作と自慢できるような真打を鍛え、アルに持たせてやりたいというのが兄心なのだが、はてさてそれもいつになることやらだ。


ともあれ——

アルとロータスという二枚看板が、闘神の注意の大半を惹《ひ》きつけているおかげで、他の騎士たちもだいぶん戦い易そうにしていた。

対して後衛の中で際立っているのは、アンナら女性陣二人。

今一人はエルフの魔術師で、名をシェイハという。

アンナがシュタールに祈願することで、アルたちの防御力を高める加護を賜り、また傷を癒して前線を献身的に支えるのに対し、シェイハは精霊を使役することで強力に援護する。

例えば騎士たちの突撃に合わせ、風の精霊にその背中を押させて、瞬間的に加速させる。

逆に土の精霊に命じ、アサラウダの足元の地面を柔らかくして奴の体勢を崩す。

闘神の肘や肩といった関節部分に氷の精霊を纏《まつ》わりつかせ、凍てつかせることでも動きを鈍らせることはできる。

等々、シェイハの手管は多彩だった。

こと精霊術にかけては、俺すら凌駕《りょうが》する実力者なのは伊達ではない。

中でも効果的に見えるのは、精霊の力で光を屈折させ、アルたちそっくりの幻像を作り出す術であろうか。

全身が金属でできた鋼の神は、恐らく視覚など有していないはず。

では光の屈折で生んだ幻像など無意味かというと、そうではなかった。アサラウダはムキになって幻像を鎚で叩き、空振りさせていた。

視覚はないが、恐らくは他者の霊力を感知することで代替とし、認識しているのだろう。

だから光の精霊の幻惑に引っかかる。

しかもなまじ神の尺度を持っているため、アルたち本人も精霊の幻像も、どちらも矮小すぎて区別がつかないに違いない。

俺たちが毒を持つ蜘蛛《くも》も持たない蜘蛛も、にわかに判別できないのと同様にな。

シェイハは神の強大さを見事に逆手にとったわけだが、これも彼女が広範な魔術の知識を修めているからこそのファインプレーといえよう。

確かにエルフという連中は、総じて精霊の扱いが上手い。

が、それだけだ。

生まれた森に閉じ篭《こも》り、口伝を重視し書物を軽視するエルフの文化・文明は、体系的な知識が発展しづらい。

シェイハは西の果てのアーカスという辺境の、マシェリという聞いたこともない森の生まれだというが、そんな同胞の生き方に嫌気が差して故郷を飛び出した。各地を放浪し、見聞を広めた末に俺と出会い、親しく交わり、魔術の真髄を学んだという経緯がある。

ゆえにシェイハはただのエルフの精霊使いではなく、正しく魔術師なのである。

「――そろそろ頃合いだぞ、陛下?」

そのシェイハが、艶と優美を兼ね備えたオトナの女性そのものの口調で、訊ねてきた。

「私たちにばかりこれだけ働かせて、まさかまだ用意が整っていないとは仰いますまい?」

と挑発するような、あるいは戯れるような、流し目を送ってきた。

魔術師として優れるだけではない、本当に佳《い》い女なのだ。シェイハは。

「無論、間に合わせたともさ」

俺はおどけて肩を竦《すく》めると――丹田でずっと練り上げていた魔力の片鱗《へんりん》を、全身からゆらりと立ち昇らせた。

そう。

騎士たちに前線で体《いのち》を張らせ、魔術師たちにその支援で忙殺させる一方、俺が今まで後方から眺めるだけで戦いに介入しなかったのは、何も王の督戦を気取っていたわけではない。

彼らには彼らの役目があり、俺には俺の役割がある。

持てる魔力の総《すべ》てを振り絞り、さらに練りに練り上げることに専念していたのだ。

そう。

亜神とはいえ、超越的存在を討つのは尋常のことではない。

アルが、ロータスが、自慢の騎士たちが、卓越した武術を駆使し、俺が鍛えた魔剣を用い、幾度となくアサラウダを斬り刻んだところで、奴に与える傷はどうしても浅い。

まして致命傷には程遠い。

アサラウダの全身を構成する金属が問題なのだ。

腐っても鋼の神の現身《うつしみ》。アダマンタイトよりも硬く、オリハルコンより靭《しな》やかな、この地上には存在しない金属に違いない。

どれだけ優れていようと、戦士ではこの闘争の神を討つことはできない。

必要なのは魔術――それも〝神殺しの魔術〟ともいうべき究極の代物。

アルたち騎士には、俺の魔力が充分に練り上がるまでの時間稼ぎを担ってもらった。

「さあ、仕上げとゆこうか！」

さながら溶鉱炉と化した丹田から、俺はいよいよ莫大《ばくだい》な魔力を解放する。

受けて、平原一帯の大地が燦然《さんぜん》と輝き始める。

極めて巨大且つ複雑精緻な、光の魔法陣が浮かび上がる。

精霊術に通じたシェイハと共同で設計し、二人で手分けをして事前に描いていたものだ。

戦場をリボック平野に選定したのも、直径一キロメートルにも及ぶそれを描くため。

魔法陣の造詣や制作に関して人後に落ちない俺たちだが、さすがにこの規模となると苦労をさせられた。

三日も前からこの地に野営をした理由がそれだ。

また俺が魔力を注ぎ込むまで、描いた陣が一切見えなかった理由もある。

塗料にただのインクや動物の血ではなく、〝蒼の乙女〟アンナ手ずから聖別した、浄めの水を大量に用いたのだ。

そしてアルたち騎士には、アサラウダの注意を引きつつ徐々に魔法陣の中心まで誘導するという、難しい役割も担ってもらった。

シェイハが先に言った、「頃合い」というのがそれ。

ここまで入念に、万全に準備をしてこそ――神殺しの魔術は完成するのだ！

「伝説を現実に変えてやろう、アサラウダよ」

練りに練り上げた魔力の、残り一滴まで魔法陣に注ぎ終える俺。

光の陣がますます輝度を高め、大地を震撼《しんかん》させる。

激しく揺れる陣の中心で、さしもの闘神も尻餅をつく。

まさにその場所、その瞬間だった。

地面が割れ、大きく陥没を始めた。

大地の崩壊はアサラウダのいる場所から、魔法陣全体へと広がっていく。

割れた地面が、次々と落ちていく。

いいいいいいいいいい。

その下から顔を見せた水面に。

否、海面といいおうか？

そう。

広大なリボック平野に、突如として小さな海が生まれていた。

ちょうど魔法陣があったその場所に、ぽっかりと穴が開くように。そっくり地面と入れ替わるように。

四大魔術系統の第二十二階梯、《地維崩壊深淵顕現《ハイアランカルディープシー》》。

魔術を究めれば、地形さえ自在に変えることが可能なのだ！


足場を失い、アサラウダが水没していく。

交戦していたアルたちも海面へ放り出される。

だが心配無用。騎士ら全員が装着した甲冑は水面に浮くよう、あらかじめ俺とシェイハで水の精霊の力を付与してあるからだ。

一方、アサラウダはそうはいかない。

全身が金属でできた闘神は、もがくばかりで体が浮かず、深淵《しんえん》へと沈んでいく。

水にまつわる神性を持たなければ、空を飛ぶ類の権能も持っていないからだ。

奴らは決して全知全能ではないからだ。

そして、俺が第二十二階梯魔術で創り出したこの海は、直径はたった一キロメートルしかないが、水深は数千メートルに達する。

アサラウダの重く頑丈な体は、どこまでもどこまでも沈んでいき――やがて水圧が奴を殺す。

かくて俺たちは全員の力を結集し、「神」の初討伐に成功したわけである。

◇◆◇◆◇

「はぁ……罰当たりなことをしてしまいましたわ……」

戦いの後、アンナがぽつりとこぼした。

皆で野営地に戻り、シェイハが精霊術で熾《おこ》した焚火《たきび》に当たっていた。

まだ昼の時分だ。俺とアンナに火は必要ないが、海水浴をする羽目となったアルたちは、髪や服を乾かさなくてはならなかった。

いくつかグループを作り、俺はアルとアンナ、ロータス、シェイハと一つの焚火を囲んでいた。

「アンナは聖職者だからね。いくらシュタール様ではないとはいえ、神様を殺すのには抵抗があったろうね」

引き締まった上半身を晒《さら》したアルが、脱いだ上着を絞りながら慰める。

「……私としてももちろん、見過ごすわけには参りませんでした。荒ぶる神となられてしまったアサラウダ様が民の虐殺を始める前に、お鎮めするのも聖職者の務めでしょう。頭ではわかっているんです。ただやっぱり終わってみると、罪の意識を禁じ得ず……」

膝を抱えて小さくなり、しょんぼりと落ち込むアンナ。

ナイーブな奴だなあ。

俺は半ば呆れつつ懇々と諭してやる。

「異世界人の切れ端がこっちの世界に落ちてきて邪魔だったので、元の世界へ叩き返してやっただけのことであろう。勝手に崇めて、勝手に罪悪感をでっち上げるなどと、非生産極まりないぞ?」

「屁理屈《へりくつ》屋でデリカシー皆無の兄上は黙っていてください」

「おい、アル……。十九年間ともに過ごしてきたこの兄と、結婚してたった四年の嫁と、どっちの味方だ?」

「もちろん最愛のアンナの味方ですが?」

「ああ、嫌だ嫌だ。結婚などするものではないな! 人生の墓場に自ら埋まったことにも気づきもせず、笑顔でいられるとは。ゾンビにだって不可能な無神経さだ」

「私とアンナの仲睦まじさへの僻《ひが》みですか?」

「ああもうそれでいいよ」

今日は気分がいいから、そういうことにしといてやるよ。

俺は「ハン」と鼻を鳴らしながら、懐に仕舞ったそれを取り出し、観賞する。

掌大の金属の玉だ。

鉄を鍛えに鍛えて鋼を作るように、オリハルコンをさらに鍛えた代物。

これ自体もそれなりに貴重なものだが、大事なのは中身である。

《地維崩壊深淵顕現《ハイアランカルディープシー》》により深海に沈めたアサラウダの死を、俺はこの目でしかと確認した。

圧壊した金属の体から分霊《たましい》が抜け落ち、天に還ってゆく様を見届けるまで、あの場を動かなかった。

そしてアサラウダの分霊から、さらに一部を魔術で切り取り、霊力を頂戴し、納めた宝玉がこの真オリハルコン製の球体なのである。

ゆくゆくはこいつを心臓代わりに使い、鋼と闘争の神の霊力で動くかりっかりの軍用ゴーレムを製作する予定だった。

クク。

ククククク……。

どれほど凄まじい性能になることか、考えただけで愉悦が込み上げてくるな！

「兄上……」

「またそんなワルそうなお顔つきになって……」

悪役顔で悪かったな！

昔から言われるんだよ。普通に「今晩は何を食べようかな」と考えてるだけなのに、「また何か企んでるんだろう？　この外道が」って。

俺だって好きでこんな顔つきに生まれたわけじゃないんだよ。

「お顔の作りこそご主君も弟君もそっくりですがね。まあ、内面が面構えに出るってか――」

「弟君の方が品がよく、好青年に見えるから不思議であるなあ」

ロータス。シェイハ。おまえらも俺を裏切るのかよ。

俺の軍団、獅子《しし》身中の虫だらけかよ。

「すまぬ、すまぬ、陛下。詫《わ》びにこのシェイハの胸の中で慰めて進ぜるゆえ、さあ来られよ」

「ヒュー！　お熱いですなあご主君！」

「びしょ濡《ぬ》れの女に抱きつく趣味はない……」

さも慈母の佇まいで両手を広げるシェイハと口笛で冷やかすロータスへ、俺は半眼を向ける。

まったく口の減らない奴らだ。

主君を相手にからかい、オモチャにするだなどと大した余裕だよ。

これでつい先ほどまで、神を相手に死線を潜り抜けてきた連中だというのだからな！

「今のおまえたちを見て、まさか神殺しの英雄だとは誰も信じまいよ」

俺が皮肉ると、しかしアルたちは愉快げに大きな声で笑い出した。

本当に大した奴らだ。本当に死闘の直後とは思えない。

その豪胆さはまさしく神殺しの英雄に相応しい、末代まで語り継がれるべきものであろう。

ただ、一人アンナだけが笑えない様子で嘆かわしげに、

「ああ……私、とうとう**神殺しの聖女**になってしまいましたわー……。汚名も汚名ですわー……」

「そこを蒸し返すのかよ」

再びどよ～んと落ち込んだアンナに、俺は呆れて肩を竦める。

「もういい加減、切り替えろ」

神を殺したおかげで、俺たちは国や民を守ることができた。

しかも強力なゴーレムの素材を手に入れることができたククク……。

まさに一石二鳥。まさに禍《わざわい》を転じて福と為す。

アサラウダを荒神として降臨させ、差し向けてきたロドケル連邦の奴らからすれば、あまりの

目論《もくろ》み違いに堪《たま》ったものではなかろうよ。

「めでたし、めでたしではないか」

「ですが結局、私事のために神を弑《しい》し奉ったことには変わりがございませんわ……」

「ああ言えばこう言う……」

まったく神官だの司祭だの、聖職者という連中はこれだから。

どっちが屁理屈屋だ、どっちが。

「ああ……考えれば考えるほど、気が遠くなってきましたわ～……」

焚火の前で膝を抱えていたアンナが、フラ～ッと上体を傾ける。

「兄上！」

「ええい、わかってる」

びしょ濡れで情けない姿の夫に変わって、義兄の俺がアンナの体を受け止め、支える。

ハァ。

他人の（それも弟の）嫁に優しくしてやるなど、まったく趣味ではないというのに。

心労でぐったりとなったアンナを抱き留め、俺は嘆息する。

アンナもアンナで、

「申し訳ございません、カイ様……。ですが、もう少しこのまま……」

などと、か細い声で寄りすがってくる。

信仰心など持ち合わせてもいなければ聖職者でもない俺には、彼女がどれほどのショックを受けているのか、推し量るのは難しい。

だからといって人妻が、夫でもない男に身を任すのは如何なものか。

俺たち兄弟の関係があればこそ、アルも別段嫉妬に駆られたりはすまいが。

いや、逆にそれがアンナも安心させているのか？

わからん。

「早く体を乾かせ、アル。そして代われ」

「それは焚火殿に急ぐよう申しつけてください、兄上」

「つまらん冗談を言うな。それと微笑ましげにこっちを見るな」

「微笑ましいですよ。私は前々から、兄上には妻と仲良くなっていただきたかったので。三人一緒に過ごす機会を、もっと増やしてもいいと思うのですよ」

「フン。おまえは少し兄離れをするべきだな」

「どの口がそれを仰いますか」

アルが噴き出し、またロータスやシェイハに連鎖する。

俺も釣られて、口の端を歪める。

なんだかんだと言っても、この五人でいるのは楽しい。

今回はあくまで必要に駆られ、軍勢を率いてこなかったのだがな。それでも久方ぶりに気の置けない面子だけで遠出ができて、俺も少し浮かれているのかもしれない。

繰り返す戦争と征服でヴァスタラスクが大国となり、比例して臣下は激増していったが、それでも俺が真に心を許すことができるのは、未だここで焚火を囲む四人だけ。

俺にも王としての責務が待っており、明日にも野営地を引き払い、可及的速やかに王都へ帰還しなければならないのが、残念でならぬな。

だが、せめてそれまでは、アルたちとの時間を大事にするか。

「なあ――」

と俺はアルに話しかけようとした。

しかし、できなかった。


そこで首筋に痛みを感じ、夢から覚めてしまったからだ――

第四章　逆夜襲

革張りのソファの上で、俺は目を覚ました。

〝夜の軍団〟が占拠した城塞都市コンカス。

その市長が代々使ってきたという、公館の執務室。

この大陸では一般的な建築様式で、部屋の半分が執務机を中心とした書斎となっており、もう半分には休憩にも応接にも使えるテーブルセットが置かれ、酒瓶等が並んだ棚も設えられている。

俺はそのテーブルセットのソファに身を横たえ、眠っていたというわけだ。

これも何かの予感というものか、最近は本当に前世の記憶――〝蒼の乙女《アンナ》〟のことを夢という形で思い出すことが増えた。

今も邪魔されなかったら、続きをたっぷり見ていたことだろう。

そう――

人が気持ちよく寝ているところに、襲い掛かってきた者がいるのだ。

執務室に侵入し、狭いソファに俺と一緒に寝そべり、俺の首筋に牙を立て、恍惚《こうこつ》とした表情になって血を吸っている赤髪の娘。

ローザだ。

「夜這《よば》いとは大胆な真似だな」

「よ、夜這いなんかじゃないわよ！」

吸血に夢中で、俺が目を覚ましたのに気づいていなかったローザは、いきなり声がかかってびっくりしたのか、慌てて俺の首から口を離して弁明した。

「窓の外を見なさいよ！　もう朝でしょ？　だから夜這いじゃないわ!!!」

「……俺が今まで聞いた弁解の中で最も拙い台詞だな」

「あ、あんたが悪いのよ！　朝食の時間だってのに、いつまで経っても姿を見せないから……」

「昨日、夜更かしをしてしまってな」

俺はあくびを噛《か》み殺しながら答える。

今の俺はヴァンパイアだ。

真祖ゆえに太陽を浴びても「少し不快」という程度で済むが、それでも本来は昼夜逆転生活をすべきであろう。

しかし今の俺は〝夜の軍団〟の首魁《しゅかい》でもある。

その構成員が常人ばかりである以上、軍団を営む俺としても彼らに合わせ、昼起きて夜寝る生活をせざるを得ない（ただし戦となれば、俺が全力を出せる夜間中心の行軍となる）。

それが理屈で頭ではわかっているのだが、ヴァンパイアの体は時に言うことを聞いてくれず、ついついひどい夜更かしをする。

特に昨日は夕食後にジェニが俺の寝所を訪れ、彼女の血をたっぷりといただいた。ついでに戯れ、盛り上がってしまった。おかげでジェニが帰った後も全く寝付けず、結局この執務室まで来て、書斎にあった地誌を読み耽《ふけ》った。

ようやく眠気が訪れたのは夜明け前という有様で、寝室にも戻らずこのソファで目を閉じ、今に至るという状況だ。

だからまだとてつもなく眠い。あくびが止まらない。

十一月も半ばの早朝。

俺はローザの腰へ腕を回し、彼女の温もりを楽しみながら、挑発的に訊《たず》ねる。

「で――一向に食堂に姿を見せない俺を呼ぶために、捜し回ってくれたわけか？」

「そうよ。別にあんたが朝食抜きになるなら自業自得だけどね。あんたが顔を出すまで、いつまでも待機してる殊勝な料理人たちが、可哀想だもの」

「で――ここで寝こけている俺を見つけて、おまえの朝食にしようと思い立ったわけか？」

「そうよ。油断しまくって無防備な格好で寝てる奴《やつ》が悪いのよ」

「凄《すさ》まじい責任転嫁だな……」

どう考えても、ローザが勝手に俺の血を吸った正当な理由にはならないのだが？

「あんたこそ、あたしを吸血鬼にした責任をとりなさいよ！　ちょっとくらい吸わせなさいよ！」

「……俺の記憶では、おまえが懇願したから眷属《けんぞく》にしてやったのだが？」

「とにかくいいじゃない！　なんの因果か吸血鬼になっちゃって、体が血を求めているの！」

聞きようによっては物騒な台詞を、開き直って叫ぶローザ。

まあ、気持ちはわかる。

俺も吸血鬼に転生して以来、これぞと見込んだ美女を見ると、その血はどんな美味だろうかと喉が鳴ってしまう。

別に栄養補給だけなら、通常の食事でも事足りるのだがな。

吸血という行為そのものに、本能的な渇望を覚えてしまう。

まさしくこの体が血を欲している。

「しかし、ローザ。であればもっと日常的に血を吸える相手を、見繕った方がいいのではないか？」

「い、嫌よっ。血は吸いたいけど、でも心のどっかで抵抗があるわけ。フツーじゃない、むしろ悪いことしてるって思っちゃうわけ」

ヴァンパイアになっても、心の在り方まではそう簡単には変われない、と。常識の殻を破ることはできない、と。

「その点、あんたはあたしの血を吸ってるわけだし、おあいこでしょ？」

罪悪感なく吸えて堪能できる、と。

「そ、それに、第一……」

「第一、なんだ？」

「…………」

急にローザが言葉を濁し、俺が続きを促しても、なかなか答えない。

口にするのが、そんなに照れ臭いのだろうか？　耳たぶまで真っ赤になっている様子を見て、俺はそう推測する。

「隠し事をするような女には、俺の血はやれんなあ」

余計にでも聞きたくなって意地悪を言う。

するとローザも観念したか、消え入りそうな声で、

「……第一、あたしにとっては多分、あんたの血より美味しく感じる奴なんていないし」

ゴニョゴニョと答えた。

ククク、可愛い女だ。

確かにへそ曲がりな奴だし、未だに俺に向かって悪態や憎まれ口ばかり叩《たた》く。

でもローザは、今のように他の誰かの目がない状況では、ほんの少しだけ素直になる。

「……白状したんだから、吸わせて頂戴」

上目遣いになって、甘えたりもしてくる。

こういうところが本当に可愛い。

「わかった、わかった」

俺は血を吸いやすいように、顎を上向けて首筋を晒《さら》す。

それでローザもいそいそと身を寄せてきて、うれしげに俺の首に牙を立てる。

痛みは最初、一瞬だけ。

吸血鬼が持つ魅了の力のおかげで、すぐに倒錯的な快感に変わる。

ただ惜しむらくは貴族種《ノーブルヴァンパイア》の吸血鬼のローザが持つ魅了の力は、遥《はる》かに上位種である吸血鬼の真祖《トゥルーブラッド》

の俺には効きづらく、もたらされる官能も薄い。

せいぜい性感帯を軽く吸われる程度の感覚で、くすぐったさが先に立つくらいだ。

一方、ローザは幸せそうな顔で俺の血を吸い、舐《な》めとりつつ、自分の服の襟元を緩める。

また真っ赤な髪を掻《か》き上げ、真っ白なうなじを晒す。

本人はさりげなくやってるつもりみたいだが、要するに俺の方からも血を吸って欲しいとねだっているのだ。

真祖の持つ強大な魅了の力――それがもたらす、めくるめく快感と快楽が忘れられないのだ。

ただ素直に言葉にできないだけで。

たとえ誰かの目がなくても、これが強情っ張りなローザにとっては最大の愛情表現、甘え方なだけで。

もちろん、俺もやぶさかではない。

ローザの血の、薔薇《ばら》を溶かして液体にしたような高貴な味わいは、今や大好物の一つだからな。

「ならば遠慮なく」

俺はローザのうなじへ、牙を立てようとした。

まさにその時だ。

ガラスが派手に割れるけたたましい音が、いずこかから聞こえてきた。

俺とローザは一瞬、体を硬直させる。

興覚めも甚だしい。

夢中で俺の血を吸い、また俺に吸われることを態度で乞うていたローザも、我に返って襟元の乱れを直している。

甘やかな雰囲気は消え去り、このまま吸血行為を続ける空気ではなくなってしまっている。

「……すまんが、様子を見てきてくれ」

俺は嘆息混じりにローザへ頼んだ。

「フンッ。まったく人遣いが荒いんだから！」

ローザは憎まれ口を叩いて起き上がると、逃げるように騒ぎを調べに行った。

俺はソファに寝そべったまま、立ち去るローザのうなじがまだ紅潮しているのが目に入る。

どこまでも初々しい奴だ。

それもまたローザの魅力なのだがな。

◇◆◇◆◇

城塞都市コンカスは、異様なまでに静まり返っていた。

住人二万が集団自決を敢行し、〝夜の軍団〟五千が占拠する現在の状況では、町も通りも閑散としていて当然だった。

都市として全く機能しておらず、兵らはアーカス州から日々届く兵站輜重《へいたんしちょう》を頼りに駐屯生活を営んでいる。

「ですが我が君には、快適な暮らしを享受していただかなくてはなりません。たとえ前線のこととはいえ、ご不便を煩わせては従者の名折れ」

そう考えるレレイシャは、前々からアーカス州で募集していた料理人や衣装係、雑役女中《オールワークスメイド》等、大勢を呼び寄せた。そして現在、カイ＝レキウスが居城代わりにしている市長公館に勤務させた。

間に合わせの人事なのは否めないが、彼らはなかなかの働きぶりを見せてくれた。面接に当たったフォルテの、選定眼の賜物だった。特に料理長に抜擢《ばってき》した若者は、元ナスタリア伯爵のお抱えシェフだったというだけありセンスが抜群だった。

しかし急拵《ごしら》えの人事だけに、どうしても不届き者は混ざるわけで——


「そこのおまえ、止まりなさい」

レレイシャは詰問口調で告げた。

相手は雇ったばかりのメイドの一人。

カイ＝レキウスの寝室を掃除し、シーツなど洗い物を抱え、まさにその部屋から出たところを呼び止めた。

「な、何事でしょうか、レレイシャ様……？」

「それはこちらの台詞です。我が君のご寝所で何をしたか、言ってみなさい」

おっかなびっくり訊ねてくるメイドに、レレイシャはなお厳しい顔つきで追及する。

「れ、レレイシャ様がなぜ怒っていらっしゃるのか、わかりませんっ」

「惚《ほう》けても無駄ですよ？　我が君の抜け毛《かみのけ》を懐に忍ばせて、どこへ持っていくつもりですか？」

「もっ、申し訳ございません……！」

廊下の床に額《ぬか》ずかんばかりにメイドが平伏した。

さらに必死になって弁明する。

「わっ、わたしはカイ＝レキウス様に一目お会いして、懸想してしまったのです……！　しかし使用人がご主人様を想うなど、分不相応も甚だしいことは理解しております。ですので、せめてカイ＝レキウス様の御髪《おぐし》をいただいて、部屋に飾って眺めることで自分の気持ちを慰めようかと——」

「惚けても無駄だと言いましたよ？」

あくまで変態行為だったと申し開きするメイドへ、レレイシャは隠し持っていたナイフをいきなり投げつける。

「ちっ」

メイドの顔つきが一瞬で、物騒なものに変貌した。

そして舌打ちとともに、平伏していた体勢からいきなり跳んで、ナイフを避けるという離れ業を見せる。

およそ常人の体捌《さば》きではない、訓練を受けた間者のそれだ。

本来は糸使いのレレイシャが敢えてナイフを使ったのも、わざと回避させて正体を暴くためであった。

「どこの手の者か素直に吐けば、生かして帰してあげますわよ？」

髪の毛など盗んでどうするつもりだったのかは、いちいち聞かない。

術を心得た者が分析すれば、カイ＝レキウスが王侯種なのか真祖なのか等、判明が付く。

大方、その辺りが狙いだろう。

「三つ数えるまでに降参しなさい」

「生憎と二本の足がついているんでね！　自力で帰らしてもらうよ！」

メイドに扮《ふん》して潜入していた間者は、看破された負け惜しみを叫びつつ逃走を図る。

この時代では高価な窓ガラスを破り、二階廊下から庭へと飛び出していく。

レレイシャにとってその背中へ今度こそ糸を伸ばし、拘束するのは容易《たやす》い。

が、必要はなかった。

「逃がすと思うか、間者？」

「ぎゃっ」

庭に待機してもらっていたエルフの女騎士が、あっさり取り押さえたからだ。

「お手柄ですね、ジェニ卿《きょう》」

レレイシャも二階の窓から跳び、優雅に庭へ降り立つ。

「私の手柄というよりは、レレイシャ殿のお膳立てだな」

ジェニが間者を地面へ組み伏せながら、こんな程度は誇るにも値しないと首を左右にした。

「それよりもレレイシャ殿に伺いたい。どうすればこうも正確に、間者の正体を見破ることができるのか。何かコツがあるならば、ぜひご教授願いたい」

生真面目で勤勉なエルフの女騎士に、レレイシャは喜んで教えた。

「我が君を深く愛し、頭の中が我が君のことでいっぱいになっているうちに、その想いが高じてだんだんと区別がつくようになるのです。今目の前にいる人物が、私と同じく我が君に好感情を向ける味方か、あるいは悪感情を抱いている敵か。〝匂い〟で」

「………………」

せっかく懇切丁寧に教えてあげたのに、ジェニは「聞くんじゃなかった」とばかりの微妙な顔つきになった。

あげく、騒ぎを聞きつけたらしいローザが、破れた二階の窓から顔を出して、

「そんな変態スレスレの真似ができるのは、あんただけよ」

とレレイシャのことをくさしてくる。

一方、ジェニはそんなローザへ憮然《ぶぜん》顔で、

「あなたこそ陛下に血を吸われ、散々にあられもない姿で泣きすがっていたと見受けるが？」

「は、ハァ……？　あたしがそんな真似するわけないでしょ？　言いがかりはやめてくれるぅ？」

「しかし着衣が乱れているぞ」

「えっ、ウソ!?」

「カマをかけただけだ、すけべローザ」

「ジェニ～～～～ッ」

こっそりカイ＝レキウスの寵《ちょう》を賜っていたことを指摘＆揶揄《やゆ》され、ローザがこれでもかと赤面し

た。またその羞恥を、ジェニに怒ってみせることで誤魔化そうとした。

「お二人は本当に仲良しですわねえ」

微笑ましさのあまりレレイシャは、クスクスと忍び笑いを漏らす。

「こんな淫乱エルフと仲良くないっ」

「こんな淫乱と仲良くなどありません」

息バッチリ、同時に反論してくる二人が、おかしくて堪《たま》らない。

「お二人がそう仰るのなら、そういうことにしておきましょうか」

口論に発展する前に、意見を取り下げるレレイシャ。

ローザとジェニの関係が真実どのようなものだろうと、別に構わないことでもあるし。

そう、彼女たちがカイ＝レキウスに対して、特大の好感情を抱いているのは〝匂い〟でわかるので――後のことはどうだってよいのだ。


間者への尋問は後回しにして、とりあえず密室に監禁しておく。

レレイシャ直々に、徹底的に体に訊《き》くつもりだが、どうせ何も白状しない。

だから先にカイ＝レキウスへ報告に行く。

「しっかし多いわねえ、スパイ」

「そうだな。今月に入って一気に増えた」

後をついてくるローザとジェニが、口々にぼやく。

単純に公館へ忍び込んで聞き耳を立てるだけのド三流も多いが、今日のメイドのように正規のルートで雇われ、懐に潜り込んでくる油断のならない間諜《かんちょう》もいる。

「我が君がアーカス一州を奪取したことは、三百年の泰平を破る青天の霹靂《へきれき》であり、帝国へ唾するが如き行為ですからね。大陸中の注目を集めるのは必然ですし、探りを入れてくる有力者は今後ますます増えるでしょう」

「あたしたちも一層、気を引き締めないとだわ」

「同時に信頼できる者を増やしていかねばならないな」

ローザとジェニの言葉に、レレイシャは相槌《あいづち》を打つ。

特に後者は重要だ。

使用人にスパイが紛れ込むならば、もう雇わなければいいかというと、それは違う。

カイ＝レキウスが大陸を再び征服し、帝国を打倒するためには、組織も軍ももっともっと大きくしていく必要があるのだ。

そしてその過程で、必ず不逞《ふてい》の輩《やから》は紛れ込むのだ。

それをいちいち気にして、臣下や将兵、果ては使用人の雇用数に制限をかけていたら、組織拡大のスピードを著しく損ねてしまう。

大事なのは百人に一人混ざる間者を恐れるのではなく、その一人を確実に見つけ出して処分すること。

そうして九十九人の味方を増やすことである。

（その点、ローザ卿にジェニ卿という実力・人柄ともに信頼できるお二人を、早々に陣営に引き入れることができたのは、我が君の覇業にとって僥倖《ぎょうこう》以外の何物でもないでしょうね）

カイ＝レキウス本人がどれほど偉大な人物であろうと、優れた臣下に恵まれるかどうかは、完全に巡り合わせの問題というか運次第のところがある。

確かにカイ＝レキウスは優れた人物鑑定眼を持っているが、それで箱に入った千個の林檎《りんご》の中から最も美味な一個を見い出すことはできても、腐った林檎しか入っていない箱の中から食すに値する一個を見つけ出すことは不可能だからだ。

――と。

レレイシャは改めて僥倖を噛みしめながら、主君の元へ向かう。

居場所はローザが知っていた。つい先日まで市長が使っていた執務室に彼はいた。

ただし応接用兼休憩用のソファで、うたた寝していた。

「呆《あき》れた！　あたしに騒ぎを調べに行かせておいて、自分は優雅に二度寝ってわけ？」

とローザが半眼で睨《にら》んでいる。

その刺々しい視線はもちろんカイ＝レキウスへ向けられたものだが、勘違いして「ぴゃぁ!?」と怯《おび》える者がいた。

ミルという名の、まだ十歳になったばかりの可愛らしいメイドだ。

そう、執務室にいたのはカイ＝レキウス一人ではなかったのである。

「たっ、助けてください、レレイシャさま……」

と、か細い声で哀れを請うミル。

ソファでごろんと横になったカイ＝レキウスに、まるで抱き枕代わりにされていたのだ。

掃除に来たところを、寝惚《ねぼ》けた彼に引き寄せられたのだろう。

主のうたた寝を邪魔しないようにと緊張し、また仕事をサボってしまっている罪悪感で身を縮め、さらにローザに咎《とが》められていると勘違いまでして、可哀想なほどガチガチになっている。

「構わないですよ、ミル。我が君の抱き枕役は、掃除などより遥かに重要なお勤めです。そのまま抱かれておきなさい」

「は、はいぃ……わかりましたぁ……」

レレイシャの許可を得て、安心したミルがくたっと体を弛緩《しかん》させる。

この真面目で健気な娘のことは大いに気に入っているから、その愛くるしい仕種に目を細める。

一方、太々しい仕種で寝こけていたカイ＝レキウスだが、レレイシャらの声や気配を悟って目覚めたようだ。

あくびしながら訊いてくる。

「結局なんの騒動だったのだ？」

「メイドが一人、間者だと露見しましたので処分いたします。そのご報告に」

本来はこんな些末事《さまつごと》、わざわざ主君の耳に入れるべきではない。

しかし現在、市長公館に勤務している使用人は、わずか百人程度。なのでその全員の顔と名を

――カイ＝レキウスならば当然のこと――憶えている。

もしレレイシャが報告せず、メイドが一人いきなりいなくなってしまっては奇妙に思うだろうし、それはそれで主の気を煩わせてしまうというわけだ。

「しわ寄せで他の者の負担が増さないよう、補充を急げよ」

「御意。どちらにせよ（偉大なる我が君の身の回りのお世話をするには）まるで足りておりませんので、募集はずっとかけているところですわ」

近侍たるレレイシャに、身の回りに関する一切の差配を任せてくれているカイ＝レキウスは、聞いて大いにうなずいて、

「あと一月《ひとつき》そこらはこの町に留まるつもりだ。俺もしばし、ゆるりとしよう」

抱き枕にしていたミルのうなじに顔をうずめ、皮膚の下に流れる血の匂いを堪能していた。

「一月で状況が動けばいいけどね。それまで退屈ね」

とローザが何かをアピールするように（本人はさりげないつもりで）襟元を緩めてうなじを露出させ、

「動くとも。我が君の見立てを疑うな、騎士ローザ」

とジェニが大真面目に（本人は全くその意識なく）ヨイショ発言をする。

そんな二人をカイ＝レキウスが苦笑いで手招きし、ミルと四人でソファで戯れ始める。

レレイシャも一緒に混ざる誘惑に駆られたが、すぐに断ち切ると一礼して主の前を辞す。

なぜルナロガ州侵攻を一時中断し、このコンカスで一月も足踏みするのか？

もちろん、〝蒼《あお》の乙女〟を差し出せと通告した返答と、また大衆にまで広く知らしめた結果を待っているからである。

総領主クレアーラ伯が〝夜の軍団〟を恐れ、愛娘を差し出すならばよし。

カイ＝レキウスは以後〝蒼の乙女〟を表に立たせて政治宣伝に活用し、ルナロガ州の人心をも手中に収めることができる。

逆に総領主が愛娘を差し出さなかったとしても、構わない。

その時は民が信仰の対象である〝蒼の乙女〟に救済と吸血鬼退治を求め、総領主の城へ衆をなして詰めかけるに違いない。

その上でなお総領主が愛娘を匿い続けようものなら、ルナロガの民も〝蒼の乙女〟が無力な虚像だったと悟り、急速に信仰心を失っていくだろう。

どちらに転ぼうともカイ＝レキウスの術中であり、その結末へ至るに要するのが一月程度だと主君は見ているのである。

（とにかく今拙速に侵攻しても、ルナロガの民が〝蒼の乙女〟への信心を失わない限りは、また集団自決を繰り返されるのがオチですからね）

カイ＝レキウスは口にしないが、それは絶対に避けたいと考えているのだ。

レレイシャにはわかる。

世の人間の九割くらいは虫ケラほどの価値しか見ていない自分でさえ、城壁から二万人が飛び降りる光景は胸が悪くなった。

まして情熱家の主君が——すなわち民を憐《あわ》れむ気持ちもまた、内心ではたっぷりと持ち合わせているあのカイ＝レキウスが——何も思うところがなかったはずがないのだ。

にもかかわらず彼は、まるで気にも留めていないかのように今日まで振る舞っている。

カイ＝レキウスの精神が、偽善とは程遠い証左だった。

自ら侵略しておいて、それが原因で窮地に追い込まれたルナロガの民が自殺するのを、憐れむ資格などないことを彼は深く理解している。

だから黙って、ルナロガ征服計画を練り直したわけだ。

集団自決などという愚行を、二度と繰り返させないために。

それがレレイシャが忠義の全てを捧《ささ》げる主君、カイ＝レキウスという男だった。

（そして私は我が君の、全幅の信頼を勝ち取る近侍でなければなりません）

ゆえにレレイシャは後ろ髪惹《ひ》かれる想いを振り切り、ローザらとともにカイ＝レキウスと戯れに耽る甘美と栄誉を断念する。

一人、周囲の警戒を続ける。

最終的に総領主が〝蒼の乙女《まなむすめ》〟を差し出すか、差し出さないか、それは予想がつかない。

クレアーラ伯の為人を知らないし、興味もない。

ただし、レレイシャは確信していた。

総領主が最終判断を下す前に、一度はカイ＝レキウスの暗殺を企むだろうことを。

最辺境のアーカス州にもローザやジェニといった優れた騎士がいたように、ルナロガ州にも侮り難い武人はいるはずで、きっとその者らを差し向けてくるだろうことを。

ゆえにレレイシャは警戒を怠らず、緊張の糸を絶えず張り巡らせる――

◇◆◇◆◇

雷と裁きの神ラルスに仕える聖堂騎士タリア。

帝都魔道院から派遣されたエリート魔道士サロイ。

奇妙な取り合わせの二人は冬空の下、州都を発《た》つこと馬で三日。城塞都市ベートに到着した。

ルナロガ州西部では最大の町で、人口は七万を数える。

現在、〝夜の軍団〟が不法占拠する城塞都市コンカスとは――間に小さな宿場町をいくつか挟み――隣り合っている。

吸血鬼カイ＝レキウスは〝蒼の乙女〟を差し出せと通告して以降、不気味に沈黙を保っているが、もしまた進軍を再開すればこのベートが標的となるだろう。

市民の緊張感も尋常ではなく、通りを行く人々の顔は一様に強張り、また姿は少なかった。

戦火を厭《いと》い、疎開していった者も数えきれないほどいるに違いない。

（きっと城内も、さぞてんやわんやになっていることでしょうね……）

賊軍との戦に応じなければいけない城主と家臣たちの心労を、タリアは慮《おもんぱか》った。

この城塞都市ベートと近郊一帯は、ホーウェン子爵家が預かる領地となっている。

先代子爵がクレアーラ伯の妹を娶《めと》ったため、去年代替わりしたばかりの若き当主は、ファナ姫とは従兄妹の関係に当たる。

タリアが会うのはこれが初めてのことで、サロイとともに登城する。

先触れも出していたため、面会希望はすんなりと叶《かな》えられた。

子爵付きの侍従に案内されて、二人は謁見の間に通される。

州都の伯爵家居城のそれにも見劣りしない、広さも内装も豪勢な広間だ。

そこでタリアは想像だにしない光景を目撃した。

奥の椅子に一人腰かけ、昼間から泥酔する青年領主。

周りに傅《かしず》くメイドたちは、下着同然の淫猥《いんわい》なお仕着せ姿を強要されている。

それも眉をひそめるような状況だが、真に由々しき事態は広間の真ん中で繰り広げられていた。

まだ十五歳にもなっていないだろう二人の少女が、裸身にナイフ一本で互いに斬りつけ合うという惨劇を、見世物にされているのだ。

半泣きになっている二人の顔を見れば、嫌々戦わされているのがわかる。

しかも非力で武術の心得がない少女たちだ、ナイフでは浅手を刻むばかりでなかなか決着はつかない。戦いをより長引かせ、彼女らの苦しむ姿を楽しもうという、観客による邪悪な演出。

そして、この悪趣味な決闘ショーに興奮している観客が、領主その人であった。

「これはなんの真似ですか、子爵殿！」

タリアは思わず少女らの間に割って入り、戦いを止める。

「貴様こそなんの真似だ、神官！」

それを見た子爵が激昂《げっこう》し、酔って呂律《ろれつ》の怪しい口調で批難してきた。

「このガキどもは親の咎《とが》で今、罰を受けているところだ！　どんな刑を執行するかは領主たるオレの自由だ！　邪魔をするな！」

「どんな罪かは存じませんが、子に累が及ぶのも、こんな惨《むご》い刑も見過ごしてはおけません！」

「そいつらの親はなぁ！　騎士でありながら臆病風に吹かれ、コンカスにいる吸血鬼風情を恐れ、城を捨てて逃げろだとか他家に援軍を求めろだとか、このオレに恥をさらせと意見しやがった万死に値するクズどもだ！」

万死に値するどころか至極真っ当な発言をした忠臣たちを、手打ちにしたと居直る子爵。

果たしてクズはどちらか。

平和ボケだとか無能だとか、そんな一言では到底言い表せない男。

そいつがさらにわめき立てる。

「長年我が家の禄《ろく》を食《は》んだんだ、その家族も当然同罪！　にもかかわらず、そのガキどものうち生き残った方は見逃してやるつもりなんだから、オレは慈悲溢《あふ》れる領主サマだよなぁ！」

性根の腐り果てたことを、ホーウェン子爵は恥ずかしげもなくペラペラとほざいた。

しかし帝国法に照らし合わせれば、領主が領民に対して何をやっても許されるのである。

タリアの良心には信じ難いことだが、このことで彼を裁く権利は地上の何人にもない。

「ですが天の神々はご照覧ありますよ！　悔い改めねば、今度はあなたに罰が下されましょう」

「バーカ、天罰なんか恐いもんかよ！　オレの従妹を誰だと思っている？　〝蒼の乙女〟ファナ・クレアーラだぞ？　あいつのおかげでオレの天国行きは保証されてるんだ！　だから何をやったっていいんだよぉ！」

（姫様の奇跡のお力は、そんなことのためにあるわけではないというのに……！）

全く反省の色のないホーウェン子爵に、タリアは怒りでわなわなと震える。

裁きの神の教義に忠実な彼女は、思わず右手で拳を作り、握り込む。

と——その右腕を後ろから、サロイにつかまれた。

「僕たちは吸血鬼を討つために来たのです。相手を間違えてはいけません」

この上さらに敵を増やすなと、潜めた声で制止される。

「ですけど、これを見過ごすわけには……」

「ホーウェン子爵には後で更生していただく機会を設けましょう。クレアーラ伯にお叱りいただければ、少しは堪《こた》えるかと。それでもダメなら、僕が皇帝陛下に奏上奉り、なんらかの御沙汰を賜ってもいい。貴族の横暴が目に余るのは、陛下のご治世にとっても由々しきことですからね」

「……わかりました。サロイ殿がそこまで仰ってくださるなら」

タリアは一時のことと義憤を呑《の》み込み、拳をほどいた。

だけどこの少女たちのことは、見捨てるわけにはいかない。

「この子たちはラルス神殿で保護させていただきます」

と二人の手を引き、勝手に連れ帰ることにする。

「待てよ、神官！　許すと思うか！」

「そこはご寛恕《かんじょ》ください、子爵殿」

サロイがタリアに代わり、説き伏せにかかる。

「ラルス教――ひいてはシュタール教と事を構えるのは、面倒ばかりでいいことありませんよ。たかが小娘の一人や二人は捨ておいて、楽しいことだけに目を向けて生きるのが、貴族の本分というものではございませんか？」

心にもないだろうことを、立て板に水をかけるが如《ごと》くまくしたてるサロイ。

さすが魔道院のエリートというべきか。

口の巧《うま》い人間なのだと、タリアは心に留めておく。

そして戸惑う少女たちの手を引き、謁見の間を後にする。

ホーウェン子爵もまだ何事か抗議をわめいていたが、兵を差し向けるような真似はしなかった。

見栄があるので「絶対に許さない」というポーズを続けているだけで、サロイの言葉を真に受け、聖堂騎士とのいざこざを内心忌避したのだろう。

「申し訳ありませんでした、サロイ殿」

来た道を戻りながら、タリアは懺悔《ざんげ》する。

領主に謁見を求めたのは、コンカスを不法占拠する〝夜の軍団〟について、何か最新情報を得られるかと踏んでのことだったが、これでは聞くどころではなくなってしまった。そのことに対しての謝罪だ。

「構いませんよ。領主殿があの通りの御方では、どうせ大した情報もつかんでいないことでしょうしねえ」

来るだけ無駄だったと、サロイはからからと笑った。

対照的に、タリアは恐い顔で眉間に皺《しわ》を寄せたまま。

到底、笑う気分になどなれない。

（ご領主様――クレアーラ伯もあまり褒められた方ではありませんが、貴族の皆様は本当にどいつもこいつもおクソッタレですわね）

タリアが知る限り、まともなのはファナ姫一人という始末。

公権力が腐敗しないよう、宗教権力が教え導くというのが理想の関係だが、現実はそうなっていない。

ラルス神殿は勢力が小さく貴族たちに耳を貸してもらえないし、最大宗派のシュタール神殿は貴族たちに輪をかけて腐敗し、公権力に阿《おもね》ることはあっても諭すことなどないからだ。

（天よりラルス様はご照覧し給う。この状況をきっとお嘆き給う。そして、いつかお怒りが臨界に達し、ルナロガ全土に裁きの鉄槌《てっつい》が下されることでしょう）

タリアは聖職者的思考で当たり前にそう考えて――ふと気づいた。

今のルナロガは神の天罰を待つどころか、吸血鬼の脅威にさらされ、風前の灯火なのだと。

(なんという皮肉でしょうか)

笑うに笑えない話とはこのことだ。

あまりに虚《むな》しかった。


ベートの町にも小規模ながら、ラルス神殿は存在する。

タリアは二人の少女の保護を求め、ついでにサロイとともに身を寄せた。

一夜の宿を借りて、翌日に出発。

日没後にコンカスへ到着するよう時間を調整した。

「できれば太陽のあるうちに、吸血鬼の寝込みを襲いたいところですがね」

揺れる鞍上《あんじょう》、サロイが舌を噛まずにそう言う。

魔道士というと書庫に引き篭《こも》っているのがタリアのイメージだが、さすが魔道院のエリートともなると馬術も達者だった。

なおタリアももちろん、請われれば遠くの村にだって救援に行く修道戦士時代の嗜《たしな》みで、馬の扱いには慣れている。

サロイが続けた。

「カイ＝レキウスは五千の兵を率いている。これが厄介です。暗殺するなら夜闇に乗じて、城に侵入するしかない」

　夜は吸血鬼の時間だと承知の上。

「僕が城下に火を点《つ》けて回り、兵らの目を集め、消火にかかりきりにさせます。タリア殿はその隙に吸血鬼退治を」

「お一人で大丈夫ですか？　あちこちに手が回りますか？」

「そのための魔法ですよ。僕は直接戦闘は苦手ですがね、破壊工作はお手の物なんです」

「承知いたしました。吸血鬼を討つのはわたくしにお任せください」

――と道中で最終打ち合わせを済ませ、いよいよ吸血鬼の根城と化したコンカスへ。

　夜が深まるのを待ち、まずサロイが町へ潜入する。

　ほどなく火の手が上がる様子が、冬の月下に白々と見える。

　一つ、二つ、三つ数えて、タリアも町へ突入する。

〝夜の軍団〟の兵らともすれ違ったが、やはり消火に向かうので夢中で、さらに暗さで顔も姿もろくに見えないのも相まり、タリアのことなど頓着もしない。

　易々《やすやす》と市長公館まで辿《たど》り着いた。

　吸血鬼がこの館で起居していることは、裏がとれている。

　館内の見取り図もタリアの頭に入っている。

　サロイが事前に部下を使って、「せめてこのくらいは」と調べてくれていた。

　ここからは一気だ。

吸血鬼を探し求め、タリアは館内をひた走る。

執務室や談話室《サロン》、居間、食堂、寝室――と目星をつけた順に回るつもりだった。

しかし、その目論《もくろ》みは阻まれた。

あるいは必要はなかったと開き直るしかないか。

館内各所を連絡する、三階まで吹き抜けとなった中央広間。

その三階まで続く大階段の、一番奥。

そこに不浄の気を纏《まと》う少年が立っていた。

吸血鬼だ。

まるでタリアを値踏みするかの如く睥睨《へいげい》し、傲岸不遜に口角を吊《つ》り上げている。

そこから邪悪な牙が覗《のぞ》く。

どうやら侵入を察知され、完全に待ち構えられていたようだ。

「あなたが邪神カイ＝レキウスの名を騙《かた》る、吸血鬼ですね？」

律儀に確認するタリア。

どこかで見たことのある顔のような気がしたが、いつのことか思い出せなかった。

そしてタリアの誰何《すいか》に答えたのは、しかし少年の姿をした吸血鬼ではなかった。

彼の周りには護衛か寵姫《ちょうき》か、三人の美女たちがいる。

「このお方がカイ＝レキウス様だと存じ上げてなお、突っ立ったままとは何事ですか。跪《ひざまず》きなさい、無礼者！」

と鋭く叱声を浴びせてきたのは、花嫁衣裳《いしょう》めいたドレスを纏う蒼髪の美姫。
さらに赤髪の女騎士と金髪のエルフが、完全武装でこちらを警戒している。
全員が只者《ただもの》ではない風格を漂わせている。
四対一——
厳しい戦いを、タリアは覚悟した。

第五章　紅蓮《ぐれん》と稲妻

俺――吸血鬼カイ＝レキウスは、階下の侵入者へ向けて鷹揚《おうよう》に告げた。

「名乗れ。せっかく勇敢にも一人で乗り込んできたんだ。ただの愚者か本物の勇者か、どちらにせよ俺の記憶に残す栄誉をくれてやる」

聞いて侵入者はむっとなるどころか、おっとりと答えた。

「ラルス神と〝蒼《あお》の乙女〟にお仕えする聖堂騎士で、タリアと申します。せっかくと仰るなら、わたくしの説法も聞いてくだされば、きっと神へ帰依するお気持ちが自然と芽生えること請け合いですわ」

「ほう」

なかなか肝の据わった奴《やつ》だ。気に入った。

よくよく見れば、容貌も整っている。派手ではないが、素朴で、淑やかで、これはこれで味がある。

滅多に見ない長身も面白い。また鎧《よろい》を脱げば、さぞ抜群のプロポーションをしているだろう、そう思わせるスタイルの持ち主でもある。

血を啜《すす》れば、いったいどんな美味がするのか――吸血鬼となった今の俺が、思わず喉が鳴るというやつだな。

「辛気臭い説教は勘弁だが、楽しい茶飲み話ならば歓迎するぞ？　酒ならなお良い。このレレイシャに準備させよう」

「お誘いだけ頂戴いたします。悔い改める気はないと仰せなら、お尻をペンペンして差し上げなければなりませんもの」

そう言ってタリアは、武骨な鎚鉾《メイス》を持ち上げてみせた。

昔からラルスの修道戦士どもがよく使う武器だが、彼女の持つそれは特注・特大の代物だ。

長身に似合いのさぞ怪力自慢なのであろうし、あれで叩《たた》かれては「ペンペン」では済むまい。

「ははははははは！　母親にも叩かれた記憶のない、この俺の尻を叩くと申すか！」

神官など面白味のない奴ばかりと思っていたが、先ほどからなかなかユーモアに富んだタリアの物言いに、俺は大笑させられる。

そんな俺を見て、ローザが「毒気が抜かれるからやめてよ」とぼやいていたが、まあそう目くじらを立てるな。

「うむ、尻を叩かれるのは恐くて堪らん。誰か代わりにタリアの相手をしてやってくれ」

俺がまだくつくつ笑いながら言うと、そのローザが早速レレイシャたちと顔を見合わせた。

「あたしにやらせて！」

「別に構いませんよ、ローザ卿《きょう》。ただ神官どもの使う祈禱《きとう》術をヴァンパイアが苦手とするのは、ご承知の上でしょうか？」

「レレイシャ殿の言う通りだ。あなたは自分が吸血鬼に生まれ変わった自覚がないのではないか？」

「知ってるし自覚もあるわよ！　だからこそどれだけキツいか、試してみたいわけ」

「なるほど、それは一理ございますね」

「そういうことなら骨は私が拾ってやるから、全力で戦ってくるといい」

「なんであたしが負ける前提なのよジェニ！」

かしましく話し合うローザたち。

その様子を目の当たりにしたタリアが、階下で柳眉を逆立てていた。

「……わたくしを舐《な》めていらっしゃるのですか？」

全員でかかってこないのかと、どういうつもりなのかと、訊《き》いているのだ。

気分を害したなら済まんな！

「だが俺は、一人で乗り込んできた武人を遇するのに、寄ってたかって嬲《なぶ》り殺しにするような作法は知らんのでな」

加えて言えば、ローザやジェニ――俺の騎士たちにも矜持《きょうじ》というものがある。

それを捨てて全員でかかれと命じるなど、主君の器量が疑われるという話だ。

「舐められたと憤慨するなら、実力を以って俺たちの慢心を後悔させればよい。違うか？」

「……違いませんね」

俺の言葉を受けて、タリアも腹を括ったようだ。

大階段を下りていくローザに対し、迎え撃つ意志と構えを見せた。

タリアはメイスの他に、大盾も装備している。

さらには祈りの言葉を唱える。

「裁きと雷を司る神よ、ラルスよ。ここに御身の敵がございます。願わくば神罰を下し給え。愚禿《ぐとく》が代行することをお赦《ゆる》し給え」

付与魔術系統の第八階梯《かいてい》、《大いなる雷神の加護と恩寵《カラグリア・オン・ラルス》》の聖句《じゅもん》だ。

そう、俺の解釈では聖職者どもが祈禱術と呼ぶそれらも、魔術の一体系にすぎない。

起動式に「神への信仰心」と「神からの恩寵《おんちょう》」を用いるのが大きな特徴で——つまりは俺には使うことができない術系統というだけで——俺が魔界の悪魔や精霊界の王の力を借り受けるのと同様に、聖職者どもも神々が持つ途方もない霊力を利用しているだけのこと。

そしてこのタリアは、雷神ラルスの力を扱うことにかけて、なかなかの術者のようだ。

《大いなる雷神の加護と恩寵《カラグリア・オン・ラルス》》の使い手など、三百年前にもそう滅多にはいなかったからな。

魔術を禁じた「帝国」とやらも、ククッ、神殿勢力の祈禱術までは口出しできなかったか。

その効果は身体能力全般の、大幅な上昇。

特に反射神経の増加は目を瞠《みは》るものがある。

及び身に着けた装備にも神の加護が宿り、あたかも強力な魔法の武具と化すのだ。

タリアの全身に雷気が走り、鎚鉾《つちほこ》と大盾が帯電する。

まさしく威風辺りを払うが如《ごと》し、タリアの雄姿。

それをレレイシャとジェニも見てとって、

「聖堂騎士の名に誇張なしでございますわね」

「これは手強そうだ。気をつけたまえ、騎士ローザ」

と同僚にエールを送る。

対してローザも臆することなく、伝家の宝刀・虹焔剣《こうえんけん》ブライネを抜き放ちながら、名乗りを上げる。

「あたしはリンデルフ家のローザ！　〝夜の軍団〟最強騎士のローザよ！」

「いざ尋常に勝負――でございますか。まるで戦国の世の習いですわね」

口調はなおおっとりとしたものながら、タリアの表情にいよいよ緊張の色が滲《にじ》み出る。

吸血鬼退治に来たはずなのに、調子が狂う――そう顔に書いてある。

「わかってるなら正々堂々、受けて立ちなさい！」

「卑怯《ひきょう》千万な闇の住人《ヴァンパイア》の台詞とは思えませんが……ええ、承知いたしました。ラルス様の御名に誓って、堂々たる戦いをいたしましょう」

ローザが真っ直ぐ突き出した長剣ブライネに、タリアは警戒しつつも決闘の作法に応じ、メイスで打ち合わせる。

魔力の炎を帯びた刀身と、加護の雷を帯びた鉄槌《てっつい》が、チィン……と鳴り響く。

そして、互いに間合いを切って離れる。

吸血騎士と聖堂騎士。

果たして勝つのはどちらか、尋常の戦いが始まる。

これは見物だ。

俺も一瞬たりと目を離せないな！

「ハァァァァアアッ！」

裂帛《れっぱく》の気勢とともに、先手を取ったのは俊敏さで優るローザだった。

《瞬突《ハガン》》の武術で一息にタリアへ肉薄し、刺突を見舞う。

これをタリアは盾でいなした。

それも大盾の面積を頼りに正面から受けるのではなく、ローザの太刀筋を完璧に見切り、敢えて斜めに構えて刺突の軌道を逸らしたのである。

虹焔剣ブライネは、かつて俺が鍛えた大業物だ。

いくらラルスの加護を帯びた盾といえど、まともに受ければ食い止められず、風穴が空いていたはずだからな。

「まだまだぁ！」

突進の軌道を斜めに逸らされたローザが、間髪入れずに反転。

再突撃を図る。

現代の武術は、俺の知るものより三百年かけて錬磨され、《瞬突《ハガン》》も二度、三度と連続して畳みかける技と進化した。

ただし、タリアは一撃目をかわしたのではなく受けたため、ローザの放つ二撃目は大きく減速させられている。

《大いなる雷神の加護と恩寵《カラグリア・オン・ラルス》》により動体視力が激増したタリアは、今度は受け流すのではなく正面から潰しに来た。

後の先をとり、真っ直ぐ飛び込んでくるローザへ、先にメイスの一撃を振り下ろす。

「ちぃっ」

ローザは《瞬突《ハガン》》の応用で、突進軌道を真横に変えてその迎撃をかわした。

空振りしたタリアのメイスは勢い余り、御影石で舗装された広間の床を叩く。

蜘蛛《くも》の巣状の巨大な亀裂が走る。

うむ。今の一撃をローザが剣で受けるのではなく、体ごと避けることを選択したのは正解だったな。

いくらブライネといえど、これほどの打撃を受けては堪らぬ。さすがに折れや曲がりはしないだろうが、芯に歪《ひず》みくらいはできるだろう。

そのわずかで切断力は何枚も落ちる。

このレベルの武人たちの戦いなら、致命的であろう。


「やるわね、タリア卿！」

「生憎と『卿』と呼ばれる身分ではございませんので、呼び捨てで結構ですよ」

「あんたをサゲたら戦ってるあたしまでサガるんだから、大人しく持ち上げられておきなさいよ！」

身も蓋もないことを叫びながら、ローザが再び先に仕掛ける。

刺突の二連をほとんど同時と見紛うほど素早く放つ武術で、上下に打ち分ける技を《竜顎《ルイン》》、左右に打ち分ける技を《双蛇《サウダ》》と呼ぶ。

ローザが見舞ったのは前者の《竜顎《ルイン》》。

それをタリアはまず盾で下段攻撃を弾き、ついで上体を逸らして上段攻撃をかわす。

またも見事な守備技術だが、ローザも負けていない。

すかさず転身して大きく横へ薙《な》ぐ、《渦斬《ウズ》》へ繋《つな》げたのだ。

《竜顎《ルイン》》自体も剣速を問われる高等武術だが、流れるように他の武術へ変化させるのは、さらに数段難度が上がる。

ローザの天性の剣才もさることながら、日々の鍛錬によって太刀筋を磨く、その下積みに支えられてこそのコンビネーション。

動体視力が拡大した今のタリアでも、これは避けられない。

《竜顎《ルイン》》で意識が上下に向かったところへ、いきなり横方向から来る攻撃に反応できるようには、人間の視覚はできていないからだ。

それこそ複眼を持っているだとか、聴覚が視覚並に利く種族でなければ、この連続攻撃を全て防ぐのは難しかろう。

もちろんローザはそこまで計算しているだろうし、タリアにとっては不測の事態。

《渦斬《ウズ》》による横薙ぎが、聖堂騎士の纏《まと》う堅牢《けんろう》な鎧を削り、大きな爪痕を残す。

もしラルスの加護で強化されていなかったら肉に届き、抉《えぐ》っていたに違いない。

しかもローザの連続攻撃はなお止まらない！

跳躍し、前転宙返りとともに剣を叩きつける大技、《猛鷲《ワーグ》》へとさらに変化させたのだ。

難度の高い《竜顎《ルイン》》を皮切りに、武術を三つも組み合わせるコンビネーションを成功させる。それもプレッシャーのない形稽古ではなく、実戦で通用させる。

まさに並大抵のことではない。

それこそローザの祖先で、俺のかつての直臣だった名剣士、ロータス・アルベルトを彷彿《ほうふつ》させるではないか！

「こいつでとどめよ！」

確信を持って言い放ち、タリアの頭上から斬りつけるローザ。

《猛鷲《ワーグ》》は威力こそあるが捨て身で放つ、リスクの高い武術だ。

加えて大振りなので、実力者同士だとまともに当たらない。

しかし今のタリアは、《竜顎《ルイン》》の二段目をかわすために上体を逸らしたところへ、鎧で防いだとはいえ《渦斬《ウズ》》を受けた衝撃で、体勢がさらに後ろへグラついていた。

タリアもまた日々足腰を鍛えていたはずだ。

長身巨体も相まり、どっしりと地面に根を張ったかのような重厚な構えは、堂にいったものだった。

しかしそれが見る影もなく、ローザのコンビネーションによって崩されたのである。

だから今なら《猛鷲《ワーグ》》が当たるはず。

ローザもそこまで計算して、とどめとなる大技を放ったのだ。

これで詰みであろう。

ただし、タリアが一流止まりの戦士であったらの話だが。

「ラルスよ！」

とタリアが仰《の》け反りながら、単音節の聖句を唱えた。

刹那その全身から放電し、周囲三百六十度を電撃で打ち払う。

四大魔術系統の第四階梯、《雷神備え《ラルス・ヴェーダ》》である。

斬りつける寸前だったローザはもう堪ったものではない。

真っ向からカウンターを浴びせられ、絶叫とともに吹き飛ばされた。

これだ！

これが神官どもが使う祈祷術《まじゅつ》の厄介なところだ！

白兵戦、それも一流の戦士たちの速度世界で、咄嗟《とっさ》にカウンターに使うことのできる第四階梯魔術など、この俺でさえ習得していない。

最低限「結印」なり「反閇《へんばい》」なり、術式を編むのに時間がかかる。

それを聖職者どもは、例の「神への信仰心」という胡散臭《うさんくさ》い起動式で、時間短縮するのだ。

ハッ。俺もこの際一つ、どこぞの神へ入信しておくべきか？

いや、柄でもないことはすべきでないな。

俺の「信仰心」なぞ、どれだけ自分を騙《だま》せたところで高が知れる。

一方、その敬虔《けいけん》さにより窮地を凌《しの》いだタリアは、反転攻勢に出た。

電撃を浴びて地面を転がるローザへ向けて、一瞬で間合いを詰めてメイスを叩きつけたのだ。

《瞬突《ハガン》》と基本は同じ、《瞬打《ハザン》》という武術だ。

全身を一本の矢と化さしめ、跳び掛かる前者と比べ、速度も威力もわずかに劣るが、刺突武器でなくとも使えるメリットがある。

ここに来てタリアも武術を使用し、今度はローザが追い詰められる番となった。

「くっ……！」

地面を転がっていたローザは歯噛《はが》みとともに受け身をとり、跳ねるように起き上がる。

と同時に、振り下ろされたタリアのメイスを間一髪回避する。

《瞬打《ハザン》》のスピードを、見てからかわしたのでは間に合わなかった。

勘を頼りに跳んだのだ。

これもローザの持つ類稀《まれ》な戦士としての才覚といえよう。

だがまだ九死に一生を得たにすぎない。ピンチは終わっていない。

「逃がしませんわよ！」

タリアが《瞬打《ハザン》》の突進軌道を変えて、追撃を図った。

それもローザは跳び退《すさ》ってかわすも、動きにいつものキレがない。

三たび軌道変更したタリアの《瞬打《ハザン》》はとうとうかわしきれず、メイスの強振が左の肩口をかすめる。

ラルスの加護を帯びた鉄槌は、それだけでローザの鎧の肩当を粉砕した。

さらに浸透した衝撃が骨にまで届き、割るなり罅《ひび》を入れるなりしたかもしれない。

ローザの激しい苦悶《くもん》の表情が物語っていた。

ただし、タダでやられたわけではない。

かわしきれないと見たローザは、相打ち覚悟で刺突を放っていたからだ。

左肩をメイスで打たれた直後、右手一本でタリアの盾を掻《か》い潜るように脇腹を刺す。

燃える刀身が帯電した鎧を貫き、肉を焼く。

おかげでタリアはもう前に出られない。

出ればブライネの切っ先が、より深く脇腹を抉ることになる。

堪らず跳び退り、ローザから距離をとる。

激しい攻防を繰り広げていた両者の間合いが、完全に切れる。


「素晴らしい」

俺の隣でレレイシャが、階下で戦う二人に拍手を送った。

人を人とも思わぬ性格のこいつにとっては、絶賛激賞である。

さらにジェニまで悔しげに、

「泰平が続いた今の世で、まさかこれほどのいくさ場を得られるとは……。騎士ローザが羨ましい」

とこぼしていた。

まったくその通りだ！

実時間にすればわずか三分足らずのことだったが、戦乱の世の臭いが濃密に漂うかのような一瞬であった。

あくまで騎士同士の決闘ゆえ、俺もただ感心していられるが、これが術比べであればさぞ嫉妬したことだろう。


そんな俺たちの賞賛をよそに、タリアは隙なく脇腹の傷を祈禱術で癒していた。

「――ラルス神よ、感謝いたします」

と祈りを捧《ささ》げ終わるや、あっという間に完治させてしまう。

浅かったとはいえ、俺のブライネで負った刺傷と火傷をだ！

俺の知る〝蒼の乙女《アンナ》〟には敵《かな》わぬとはいえ、こやつもこやつで相当にラルスに愛されているな。

一方、ローザはそんなタリアと距離をとったままで、

「やるじゃない、あんた」

と肩で息をしながら虚勢を張る。

やはり先ほど骨をやられていたのか、左腕はだらりと下がったままだ。

しかもタリアは祈禱術で傷を癒したというのに、ローザが持っているはずのヴァンパイアの再生能力は全く機能していない。

これは《雷神備え《ラルス・ヴェーダ》》によるカウンターショックを浴びて以降、ローザの動きが見るも衰えたのと同じ理由だ。

太陽同様、神の霊力を源とした祈禱術は吸血鬼にとっての天敵。

ラルスの雷を浴びれば常人よりも深手を負うし、痺《しび》れも傷もなかなか回復できないという始末なのだ。

ローザはただのヴァンパイアではなく貴族種の吸血鬼《ノーブルヴァンパイア》だから、その分まだしも耐性はある方。

しかし真祖の俺のような完全耐性には遠く及ばず、レレイシャたちが懸念した通りの結果となっている。

「でも最後に勝つのは、あたしだから」

右手一本でブライネを構え直し、タリアへ切っ先を突きつけて宣告するローザ。

これも彼女一流の強がりでしかないだろう。

しかし、どんな苦境でも絶対に諦めないのは、ローザの美徳だ。

俺が初めての眷属《けんぞく》として、彼女を選んだ理由だ。

今も見せる、燃えるような瞳に惚《ほ》れ込んだのだ。

「行くわよ?」

ローザが構えたブライネが、刀身から一層強く炎を噴く。

人の身を凌駕《りょうが》するヴァンパイアの霊力を、これでもかと注ぎ込んでいるのだ。

刀身が纏う炎の色が赤から青へ、青から白へと変わり、火力を段違いに高めていく。

うむ、見事。見事だ。

長期戦は祈禱術を苦手とするローザの方が不利。

ゆえに次の一撃に総《すべ》てを懸けようとする、その判断と覚悟が見事だ。

このローザの気概に、さてタリアはどう応じるか？

「一撃決着はわたくしも望むところです」

口調こそおっとりとしたままだが、ローザに引けを取らぬ気迫を漲《みなぎ》らせ、メイスを高々と掲げる。

「我が神ラルスよ、御身の持物《じもつ》を――裁きの鉄槌を貸し与え給え。地上に正義を示し、降臨せしめ給え」

聖句を唱えるとともに、タリアもまた持てる霊力を振り絞る。

人の身で持てる霊力など高が知れていても、雷神の霊力を借り受けることでそれを補う。

掲げたメイスに注ぎ込み、先端の鋼の部分がより強い紫電を帯びて輝く。

「「ハァアアアアアアアアアア――」」

ローザとタリアが深く、長く、重く、その唇から息吹を漏らす。

二人が霊力を高めれば高まるほどに、広間の空気が張り詰めていく。

戦乱の世の臭いがより濃くなっていく。

二人それぞれを中心に、大気が渦を巻いていく。

勝つのは白炎《びゃくえん》の剣か。

はたまた裁きの鉄槌か。

レレイシャとジェニがもう固唾を呑《の》んで行方を見守る。

俺もまた興奮と昂揚《こうよう》を禁じ得ない。

だが、嗚呼《ああ》……なんと虚《むな》しい結果か。
あるいは予期せぬ事態というべきか。
白炎の剣も裁きの鉄槌も、結局その威力を実証することはなかった。
両者が限界までその威力を高める過程で、事故が起こった。
「かはっ」と――
タリアがいきなり喀血し、咳き込んだからだ。
それで彼女が練り上げていた霊力もまた、見る見る萎んでいった。
なんともあっけない、そしてなんとも期待を裏切る幕切れだった。

◇◆◇◆◇

(まさか……まさかこんな時に！)
盛大に喀血《かっけつ》しながら、タリアは愕然《がくぜん》となった。
止まらぬ咳《せき》と止まらぬ血で、赤く汚れる己の手を呆然《ぼうぜん》と見つめた。
まともに呼吸ができず、全身から力が抜けていく。
特注特大のメイスや盾などもう持っていられない。
それどころか立ってもいられない。
うずくまって喀血し、御影石の白い床を赤く染める。

（どうして……）

こんなことになってしまったのか？

確かにここ一週間ほど血の混じった咳が少し出ていたが、ここまで激しいのは初めてだった。

ここまで体が衰弱するのは、四年前にあの恐ろしい肺病を患って以来だった。

（姫様のおかげで完治したのではなかったの……？　また再発してしまったの……？）

持病でもない流行り病が、四年越しに再発することなどあるのだろうか？

（いいえ……原因なんて考えている場合じゃないわ……っ）

タリアはうずくまったまま、涙で視界が滲んだまま、必死に顔を上げる。

今は戦いの真っ最中なのだ。

たまたま相手が誇り高き女騎士で――というか、こちらの様子を心配げに見守っているお人好しで――この隙に攻めてくるような相手ではなかったから、助かっているだけで。

（武器を……持って……立つのよ……！）

タリアは歯を食いしばって咳を堪《こら》え、メイスの柄を握り締め、膝に力を入れようとする。

だが、腕が持ち上がらない。足腰も入らない。

（わたくしは……姫様を……守らなければ……いけない……のに……！）

力を振り絞ろうとすればするほど、出てくるのは激しい咳と血痰《けったん》ばかり。

ファナ姫を狙う吸血鬼の首魁《しゅかい》はおろか、まだ護衛の騎士一人、降《くだ》してはいないのに。

（……ラルス様、どうか御力をお貸しください……！　わたくしに今一時、戦う力をお与えくださ

い……！　カイ＝レキウスを斃《たお》せたならば、姫様を守れたならば、その後はもうどうなってもかま
いません……！　天に召されたとしてもお恨みしません……！）

咳き込みながら、一心に祈る。希《こいねが》う。

だが、彼女の懸命の想いは天に届かない。

メイスの柄を握る力すらもうタリアから失われていく。

全身で息をして、咳を抑えるのが精の一杯。

心より先に体がじわじわと絶望していく。

そして――


「ひめさま……！」

とタリアが血を吐きながら慨嘆したのと、

「診せてみろ」

と少年の声がしたのは、

ほとんど同時だった。

「え……？」

泣き濡《ぬ》れ、グチャグチャになったタリアの視界に、少年の姿をした吸血鬼が歪《ゆが》んで映る。

カイ＝レキウスだ。

いつの間にか傍《そば》まで来て、片膝ついてこちらを覗《のぞ》き込んでいる。

「そんな様では戦いにならん。俺の騎士も不完全燃焼で困っている。だから診せてみろ」

（どこまでも憐《あわ》れみをかけるというのですね……っ）

屈辱で、一際大きな涙の粒がぼろりと溢《あふ》れるタリア。

だが、いい。構うものか。

元よりファナ姫を守るためなら、泥を啜ってでも戦う覚悟だ。

あくまで相手が余裕風を吹かせてくれるというのなら、いくらでも付け込ませてもらおう！

「どう……すれば？」

「口を開けて喉を診せろ」

カイ＝レキウスがタリアの頤《おとがい》をつまみ、クイッと持ち上げる。

タリアは言われるままに口を大きく開ける。

まだ咳は止まらないが、カイ＝レキウスは嫌な顔一つせずタリアの喉を凝視する。

恐いくらいに真剣な目だ。

「ナマリアの呪印の上に、シュタールの封印が見えるな。しかし、ひどく弱っている」

と独り言を呟《つぶや》いた後、医者の如く問診してくる。

「五年……いや四年前か？　致死性の極めて高い肺病が流行っただろう？」

ピタリ的中に、タリアは驚きながらうなずく。

「おまえたちは祈禱術を使い、治療に当たったことだろう。しかし患者の五十人に一人か二人は、癒しの奇跡が効果を発揮しなかった。違うか？」

「百に一人……です」

「ほう、それは大したものだ。ルナロガのラルス神殿は、よほど徳を積んだ神官の集まりらしい」

揶揄《やゆ》ではなく本気で感心したように、カイ＝レキウスはニヤリと笑った。

しかし一転、また恐い顔つきに戻ると、

「流行り病というのはな、腐敗と疾病の邪神ナマリアが元凶なのだ。奴は気まぐれに町や村に目をつけ、呪いの吐息を吹きかける」

「呪い……？」

「そう、神の呪いだ。自然発生する病とは性質が異なるのだ。だから癒しの奇跡では治らぬ場合がある。不運にもナマリアが好む気質の人間ほど、呪いの印が深く刻まれる、そういう術式だ。そしてタリア――おまえもその不運な一人ではないのか？」

問われ、タリアはおずおずとうなずいた。

邪神の呪いの話は初耳だが、祈禱術でも治らない肺病に罹患《りかん》していたのは事実だ。

さらにカイ＝レキウスが、畳みかけるように訊いてくる。

「だが誰かシュタールの神官が、その肺病を肩代わりしてくれた。おかげでおまえは病魔を免れ、つい最近まで元気に暮らすことができていた。違うか？」

「……え？」

今度はタリアはうなずくことができなかった。

いきなり何を言い出すのだろうかと困惑した。

だがカイ＝レキウスは気にせず続ける。

「おまえの周囲にいるはずだ。おまえの肺病を完治させるのと入れ替わりに、急に病弱になった極めて高位の聖職者が」

「………」

タリアはにわかに返事ができなかった。

心当たりはあった。ありすぎた。

だけどそれは、あまりに認めがたい事実だった。


昔は手が付けられないほどヤンチャだったファナ姫が、夜風に当たっただけで熱が出るほど病弱になったのは、いったいいつごろからだったか？

不治の肺病を患ったタリアを、一晩中看病してくれた、あの時期ではなかったか？


病気がちだった子供が長ずるにつれて、体質が改善されるのはよくある話だ。

逆のケースは珍しいが、なくはない話だ。

（姫様がそういうご体質だと思っていた……。典医殿もそうだと言っていた……）

だが真実は違ったのだ。

タリアを助けるため〝蒼の乙女〟の力を使い、病魔を引き受けてくれていたのだ。

そう――

昔は寝かしつけるのも大変なくらい、一日中はしゃぎ回っていた元気なファナ姫が、今や一日の大半を部屋に閉じ篭《こも》り、ベッドの上で過ごしている。

まだ遊びたい盛りだったろう十一歳のころから、四年間も。

（わたくしを助けるために、姫様はいったいどれだけの楽しみを諦め、捨ててきたのか……）

想像するだけで、胸が張り裂けんばかりに切なくなった。

涙が溢れて止まらなくなった。

「剣を納めろ、ローザ。戦いは一旦お預けだ」

カイ＝レキウスがタリアの顎から手を離し、立ち上がって言った。

「呪いなんでしょ？　あんたがチャチャっと解呪してあげれば、続きができるんじゃないの？」

ローザが臣下とは思えないタメ口で、要求した。

「馬鹿め。これほど深く浸透した呪印、この俺でも解呪するのに十日や二十日では無理だ」

「このタリアという娘、よほどナマリア好みの純情一途な気質なのでしょう」

蒼髪の美女が大階段を下りながら、皮肉っぽく笑った。

「気立ての良さが仇《あだ》になるとは、邪神というのはほとほと厄介な存在ですね」

後をついて下りるエルフの女騎士が苦笑した。

そしてカイ＝レキウスもまたニィッと口の端を歪める。

「ああ、俺も一発で気に入ったがな」

まさしく乙女を魅入るという吸血鬼の笑みだった。

その表情のままタリアに言った。

「忠告してやるが――おまえの病気《のろい》を肩代わりしたその者に、何か異変が起きているぞ」

「それはっ……どういうっ……」

「おまえにかかっているシュタールの封印が、急激に弱まっている」

四年間ずっと健康体だったタリアの、肺病が再発しているのもそれが原因だと。

「その術者に何か不慮の事態が起こった、あるいはまさに起きている証拠だ。信じるか信じないかは、おまえの自由だ」

「……信じます」

カイ＝レキウスの言葉を疑おうとは思わなかった。

論旨に説得力を感じるだけではない。

この尊大な吸血鬼が、暗殺に来たタリアのことなど歯牙にもかけていないことは、もう嫌になるくらい理解した。

だからこんな風な嘘《うそ》をついて、わざわざタリアを騙す理由がないのだ。

（姫様の身にいったい何が……！）

タリアは焦る。

心臓が早鐘のように鳴り始める。

「帰りたいなら、帰してやるぞ？」

でなければ忠告などしないと、カイ＝レキウスがますます傲慢な態度で言い放つ。

「どうして……そこまで……？」

暗殺者をのこのこ帰してくれるなど、そんな話があるだろうか？

いくらタリアなど相手にしていないといえど、限度というものがあろうに。

「気に入ったと言っただろう？　まあ吸血鬼に施されるのが嫌なら、いずれ借りを返してくれ。一口、血を吸わせるだけでよいぞ」

「あたしの時は、先に吸わせないと帰してくれなかったくせに……」

「そう口を尖《とが》らせるな、ローザ。それだけおまえへの執着が強かったということではないか」

「だ、だったらいいけどっ♡♡♡」

「存外にチョロいな、あなたは」

「ぬぁんですってジェニ!?」

ローザとエルフの女騎士が、にぎやかに口論を始める。

その緊張感のなさに、タリアは自分が本当にもはや敵だと見做《みな》されていないことを痛感する。

しかし今は、それがありがたい。

「あなた方が〝蒼の乙女〟を狙う限り、わたくしにとっては敵です。ですが次は戦う前に、この血を差し上げることをお約束いたします」

しばし休めたおかげか咳も収まり、なんとか立ち上がるタリア。

「あたしとも約束しなさいよ！　ホントはどっちが強いのか、白黒つけないと気が済まないわ！」

「わかりました。次は堂々と正面から、勝負を挑みに参ります」

「ホントに約束したからね！　勝手に病気で倒れるんじゃないわよ！」

（ああ。半分はわたくしのことを心配してくれて……）

このローザという騎士は、どこまでお人好しなのだろうか。

世の中にはこんな吸血鬼もいるのかと、認識を改めざるを得ない。

敵でなければ、きっと友誼《ゆうぎ》を結ぶことができたに違いない。

「では、失礼いたします」

タリアは感謝の気持ちを噛《か》みしめ、一礼するとフラフラと去っていく。

重いメイスと盾はもう持てず、置いていくしかなかった。

◇◆◇◆◇

市長公館から出ると、町はまだ火事と消火活動で騒がしかった。

ただ新たな火の手はもう上がっていない。

サロイもう充分と見て、撤退したに違いない。

郊外の森に馬を置いてきて、そこで落ち合う手筈《てはず》になっている。

暗殺の失敗を伝え、吸血鬼退治の計画を練り直す必要があるが、それよりも今はファナ姫の安否確認が先決だ。

サロイがあくまでカイ＝レキウス討伐にこだわるなら、タリア一人でも州都に帰るつもりだった。

弱ったこの体を馬の鞍《くら》に括りつけてでも、絶対にファナ姫の元へ戻らなくてはならない。

——と。

そんなことを考えながら、タリアは路地の暗がりを、体を引きずるようにして歩く。

冬空の下、吹き寄せる夜風が身を切るように冷たい。

〝夜の軍団〟の兵たちは、完全に消火にかかりきりなのだろう。もうすれ違うこともない。

だから、行く手に立ちはだかったその影は、敵兵らのものでは決してなかった。

むしろ味方のはずのものだった。

「首級の一つも挙げず、どちらへ行かれるのですか、タリア殿？」

そう厭味《いやみ》ったらしく訊いてくるサロイに——なぜか——行く手を阻まれたのである。

タリアは足を止め、事情を説明しようとする。

「聞いてください、サロイ殿——」

「それは吸血鬼の話ですか？　それともあなたの大切なお姫様の話ですか？」

サロイは人が変わったような、粘着質な声で嘲笑した。

「なっ——」

まさにファナ姫の話をしようと思っていたのだが、なぜそれがわかったのかとタリアは訊こうとした。

だが、できなかった。

「僕は直接戦闘が苦手なんですけどね。今のあなただったら——ま、勝てるでしょう」

サロイが右手に三枚の呪符を構え、投じてきたからだ。

恐らく魔法の仕業であろうか、三枚の呪符は三体の巨大なムカデに変化し、一斉に襲い掛かってくる。

そのスピード、体格から想像できるパワーは、侮れないものがある。

万全の時ならばいざ知らず、今のタリアに果たして撃退できるかは甚だ怪しい。

ましてメイスも盾も、市長公館に置いてきてしまったのだ。

「どうしてこんな真似をなさるのですか！　ファナ姫の何をご存知なのですか！」

タリアは問わずにいられなかった。

しかしサロイは意味深長に嘲笑《あざわら》うばかりで答えなかった。

そして大ムカデどもの牙が、タリアに迫った——

第六章　蒼の乙女と護国の鬼神

時は四日前――タリアが州都を発った朝まで遡る。

総領主クレアーラ伯は上機嫌だった。

頭痛の種だったカイ＝レキウス問題を、タリアとサロイに任せて送り出すことができたからだ。

すなわち彼の中ではもう、問題解決しているのである。

永き泰平の世に生まれた典型的な世襲貴族の、典型的なお花畑思考であった。

「今朝の食事は一段と美味《うま》く感じるな！」

と満面に笑みを浮かべて言う。

相手は長テーブルの対面に着くファナだ。

クレアーラ伯はどんなに（遊ぶのが）忙しい時でも、朝食だけは愛娘と一緒に囲むと決めている。

この一時を大切にしている。

大型の暖炉のおかげで、冬の最中であっても食堂内は充分に暖かい。

「ええ、とても美味しいです。お父様」

とファナは食事の手を止めて、笑顔で返事をした。

明らかに無理をした表情だった。

言葉とは裏腹に、食事もろくに進んでいない。

「どうした、ファナ？　何か苦手なものでもあったかね？」

クレアーラ伯は不思議に思い、率直に訊《たず》ねる。

大貴族の嫡子として何不自由なく育ち、周囲が彼の内心を忖度《そんたく》しても、彼が周りの人間を気遣うことなど必要がなかったがゆえに、クレアーラ伯は無神経なところがあった。

この優しい愛娘が出陣したタリアの身を案じ、食事が喉も通らないのだと、そんな心境に頓着することもできない。

「今度の料理人は大変な腕前だと思うのだが、おまえの口には合わないのかい？」

と首を傾げ、塩釜で蒸し焼きにされた鶏を一切れ食す。

やはり美味い。

いったい何十種類使われているのか想像もつかない、香辛料の複雑な風味が得も言われない。

今月に入り、城付きの料理人を新たに一人雇っていた。

スパイスに対する造詣が深く、また巧みに使いこなす男で、クレアーラ伯もすぐに彼の料理に夢中になった。

（ファナとて昨日までは美味い、美味いと喜んでいた気がするのになあ）

と、どこまでも鈍感な伯爵。

ファナが同席する朝食には、件《くだん》の料理人を使わないようにするかなどと挙句には考え出す。

また給仕を呼び、ファナの皿は別のものに取り替えるよう命じる。

そして、給仕が食堂を辞したのと入れ替わりに、一人の青年が姿を見せた。

タリアと一緒に出陣したはずの、サロイである。

「おや……忘れ物かね？」

一人引き返してきたのだろうか？　クレアーラ伯は怪訝《けげん》に思って訊ねた。

「どちらかというと、お願いに参りました」

サロイは親しみを感じさせる、如才のない作り笑顔で答えた。

「ふむ……聞かせてもらおうか？」

「はい、伯爵閣下。カイ＝レキウスを討つために、お譲りいただきたいものが二つあるのです」

「それはもちろん、ルナロガを守るためには否やはないが、具体的には？」

「まず一つはこれです」

サロイはそう言って、小箱を見せた。

金銀細工で装飾された、恐ろしく年代物の骨董品《こっとうひん》だ。

サロイはあっけらかんと言ってくれたが、クレアーラ伯は目にしただけで腰を浮かした。

「そ、それに何が入っているのか、わかって言っておるのか⁉」

「もちろんです、伯爵閣下。中身は我がヴァスタラスク建国の英雄のお一人、アル＝シオン様の遺骨です」

「そうだ！　初代皇帝カリス陛下より当家に賜った至宝だ！」

温厚なクレアーラ伯も目を剝《む》いて批難した。

二百年以上も大切に仕舞われていたものを、この魔道士は勝手に持ち出したのだ。

クレアーラ伯の認識では、この遺骨は帝国建国に関わった善神アル＝シオンの聖遺物。

ルナロガの窮地に際し、加護を願い奉れば、たちまち護国の鬼神と化したアル＝シオンの分霊が降臨し給うと言い伝えられていた。

正直、その効果のほどは眉唾で、建国神話に箔《はく》を付けるための演出にすぎないと考えている。

が、とにかく初代皇帝より賜った家宝なのは間違いない。

疎かに扱えば、すなわち帝室反逆と見做《みな》されるのだと、先代伯爵《ちちおや》に口を酸っぱくして言われた。

「今すぐ返したまえ！」

「できませんし、必要ありません。僕が預かるようにと、陛下の勅命も賜っております」

「なんだ、それを先に言いたまえ」

クレアーラ伯はけろりと怒りの矛を収めた。

元々他人に攻撃的な感情を抱くのが、性に合わない男なのである。

まして重い責任が自分の手から離れたことで、安堵《あんど》しかなかった。

「で、もう一つの欲しいものとは？」

クレアーラ伯は再び笑顔になって訊ねる。

サロイも笑顔のまま、しかしすぐに答えない。

代わりに、伯爵の対面に視線を移す。

貴族令嬢の作法として、公務らしきものには口を出さず、お人形のように大人しくしていたファナへ。愛娘へ。

いきなりの注目にファナも戸惑っていたが、サロイは意にも解さず説明を始める。

それも無知なクレアーラ伯にはチンプンカンプンの話をだ。

「吸血鬼カイ＝レキウスは、アーカス州を征服いたしました。これは護国の鬼神の御力を以《も》ってしても、あの吸血鬼は調伏できなかったことを意味します。吸血鬼カイ＝レキウスとは、よもや建国の真君カイ＝レキウス陛下であらせられるのではないのかと、僕が懸念している所以《ゆえん》です」

「すまぬ、サロイ殿……。もう少し、私にもわかるように説明してくれまいか？」

クレアーラ伯は困惑して依頼するが、サロイは応とも否とも言わなかった。

ただ笑顔のまま、まるで猿でも見るような目を伯爵に向けてきた。

「またですゆえ、クレアーラ家に伝わるこの聖遺物を工夫もなく使っても、カイ＝レキウスは成敗できません。アーカス州の二の舞となるだけです」

「う、うむ、よくわからんが、ナスタリア伯と同じ轍《てつ》を踏むわけにはいかんな。で、どう工夫を凝らせばよい？」

そのためにもう一つ必要なものがあるのだろうと、その程度は話の流れからわかる。

果たしてサロイは笑顔のまま答えた。

「〝蒼の乙女〟ファナ姫のお命を頂戴したい」

「はっ⁉　なっ……⁉」

いきなりのことにクレアーラ伯は目を白黒させる。

ファナも同様で、息を呑《の》んでいる。

サロイは意にも解さず説明を続けた。

「四代前の〝蒼の乙女〟アンナ姫とアル＝シオン様は、真実の愛で結ばれた夫婦だったと記録されております。それすなわち、アンナ姫の転生体であり同一の魂を持つファナ姫は、世界の敵を討滅する術式と昇華されたアル＝シオン様の御魂《みたま》と、親和性《シナジィ》があるということ。ゆえにお二人の魂を結びつけることで、より強力な護国の鬼神《エターナル・チャンピオン》を降臨させることが叶《かな》うのですよ」

「いい加減にしろ‼」

ペラペラと囀《さえず》るサロイを、クレアーラ伯は席を立って怒鳴りつけた。

先ほどよりも遥《はる》かに激しい、本物の激昂《げっこう》であった。

「そんな怪しげな理由で、愛しいファナの命を差し出せるものか！」

「しかし、これも陛下より許可を賜った勅命なのです。従えぬと仰せなら、帝室反逆に相当いたしますが、それでもよろしいですか？」

「黙れ！　黙れ！　黙れえええええええええ！」

クレアーラ伯は髪を振り乱してわめき散らす。

彼はファナのことを愛していた。

心から愛していた。

口さがない者たちは、彼が〝蒼の乙女〟が持つ宗教的権威が目当てで、ずっと手元に置いているのだろうと噂《うわさ》していたが、とんでもない！

そもそも彼は政治のことなど関心がないのだ。

娘の政治的利用価値など知ったことではない。

ただ純粋に父親として、一粒種が可愛くて仕方がなかった。


「誰か、出合え！　この胡乱《うろん》な魔道士をつまみ出せ‼」

「帝国貴族の義務を果たさず、あくまで一人の父親として振る舞う、と。よろしいでしょう。ならばその親子愛に殉じさせてあげます。あなたは立派な父親だった」

サロイが嘲り、懐から一枚の呪符を取り出した。

「危ない、お父様！」

ファナがまるでヤンチャな少女時代のように長テーブルの上へ飛び乗り、皿を蹴散らしながらクレアーラ伯の方へ駆けてきた。

「タリアがいなくたって、私だって〝蒼の乙女〟なのよ！」

同時に霊力を練り、シュタール神に加護を求めようと祈りを捧《ささ》げた。

しかし、

「無駄ですよ」

とサロイが嘲弄した通りに、

「そんなっ、どうして⁉」

ファナが願った守護の奇跡は、いっかな顕現しなかった。

〝蒼の乙女〟であり、なんの修業もなくシュタール神の寵愛《ちょうあい》を得られるはずのファナが、祈禱《きとう》術に失敗するなどこれが初めてのこと。

「モルボールという魔力を持つ茸《きのこ》があるのですよ」

己の勝利を確信するサロイが、得意げに教えてくれる。

「食べ続けると、ものの五日で霊力が大きく減退する効果があります。鼻をつまむほど臭いので、食事に盛るのが難しいのですがね。僕の部下がよくやってくれましたよ」

「まさか……」

クレアーラ伯はハッとなって、ファナが蹴散らかした料理に目をやる。

スパイスをふんだんに使った、新しい美味だと思い込んでいたこれらは、まさかそのモルボールをファナに知らず食させるためのものだったのか。

あの新しい料理人は、サロイの指金だったのか！

「いくら〝蒼の乙女〟がシュタールの贔屓《ひいき》を得ていても、霊力がなければ声自体を天におわす神々に届けることができない。祈りが聞こえなければ、シュタールも加護を授けようがない。と、そういうことです」

説明を終えたサロイが、冥途への餞別《せんべつ》の如《ごと》く呪符を投じた。

呪符は魔力の矢となり、クレアーラ伯の心臓を過たず貫いた。

致命傷だ。

「お父様ぁ!!」

「ファ……ナ……」

頽《くずお》れたクレアーラ伯の体を、愛娘が抱き締めてくれる。

「別れを惜しむ時間くらいは差し上げます。どうぞ、ごゆっくり」

サロイがまるで慈悲だと言わんばかりに嘲弄する。

しかしクレアーラ伯はもう、愛娘のことしか見ていない。

「すまん、ファナ……。おまえはこんなにも良い子なのに、私はろくな父親ではなかった……」

「そんなことはありません！　お父様の愛情はいつも、いつだって感じておりました！」

ファナが懸命の形相で訴えてくれる。

しかしクレアーラ伯はもう、その声が聞こえない。

破れた心臓から大量の流血とともに、急速に生命を支える何かが零《こぼ》れ落ちていく。

ゆっくり別れを惜しむには、残った時間はあまりに短い。

だから一つだけ伝える。

「そんな私でも、一つだけおまえのために誇れることをしてやれた――」

最後の力を振り絞り、愛娘を抱き寄せる。

冷たくなっていく体の全部を使って、愛娘の温もりを感じとろうとする。

「――タリアを信じよ。必ずおまえを守ってくれる」


最後の声を肺から搾り出し、遺言を伝える。

だから決して自暴自棄になるな、諦めるなと、愛娘に伝わることを祈って。

最期まで帝国貴族になり切れなかった男は、事切れた。

「お父様あああああ！」

毎朝、親子の団欒《だんらん》を育んだ食堂に、ファナの悲鳴が虚《むな》しく木霊《こだま》した。

◇◆◇◆◇

そして時は現在に戻る――

カイ＝レキウスが占拠する城塞都市コンカス。その深夜の路地。

立ちはだかるサロイと、彼が使役する三匹の大ムカデ。

立ち尽くすタリアと、迫る怪虫どもの牙。

この絶体絶命の窮地に、タリアは信じる神の御名を唱え、《雷神備え《ラルス・ヴェーダ》》による迎撃を図った。

どんなに体が衰弱していても、彼女の心は挫《くじ》けなかった。

ファナ姫の元へ帰り、守り続ける――その意志はどこまでも堅かった。

だが世界というものは、邪神の嘲笑の如く、優しさの欠片もない何かで構成されている。

意志の強さだけで我を張り通せるほど、現実というものは甘くない。

再び病魔に蝕《むしば》まれたタリアは、神の御名を唱えようとして、それさえできなかった。

霊力を練ろうとして、それさえできなかった。

口から漏れるのはまたも咳《せき》と血ばかりで、霊力どころか体力さえ欠乏して片膝ついた。

いよいよ三匹の大ムカデどもが、良い獲物だとばかりにタリアの体へ毒牙を突き立てた。

否――その寸前、熱い風が疾《はし》った。

何が起きたのか、咳と喀血《かっけつ》で朦朧《もうろう》としたタリアは一瞬、理解できない。

ただ事実として、三匹の大ムカデはまとめて薙《な》ぎ払われ、その巨体を炎上させた。

かと思えば元の呪符の姿に戻り、燃え尽きていった。

「他愛いのないこと！」

月下――凛《りん》と響く少女の声。

確かに世界は、優しくも甘くもできてはいない。

しかし、いるのだ。

ローザという名の、優しくて甘い騎士がここに厳然といるのだ！

（なぜ、私を助けてくれたのですか……？）

タリアは問いかけようとして、しかし咳のせいでできない。

代わりに目で訴えると、ローザはフンとそっぽを向いて答えた。

「別にあんたがその体で無事に戻れるのかって、心配していつまでも後をつけたわけじゃないから！　お人好しがすぎるってジェニに呆《あき》れられてもいないし、好きにしろってカイ＝レキウスが許可くれて喜んだわけでもない！　変な勘繰りはやめてよね！」

などと、へそ曲がりなことをまくし立てる。

だがタリアの感想は違った。

（ああ……この人はどこまで、性根の真っ直ぐなお方なのか……）

本当に、どうして敵味方に分かれてしまったのか。

きっとこれも邪神《かみ》の配剤に違いない。

タリアは恨まずにいられない。

一方、タリアを仕留め損ねたサロイが、苛立たしげに誰何《すいか》する。

「何者ですか！」

「カイ＝レキウスの筆頭騎士。リンデルフ家のローザ」

「それがどうしてタリアを庇《かば》うのです？　敵同士でしょうに！」

「べ、別に庇ってなんかないわよっ。どう見たってあんたの方がもっと悪役面してるからよ！」

「ふざけたことを……っ」

しどろもどろに啖呵《たんか》を切るという器用な真似をしたローザに、サロイは月夜でもわかるほど怒りで顔をドス黒く染めた。

「まあよいでしょう！　偉大なる帝国に唾吐く連中など、どの道許してはおけない！　まとめて殺してあげます」

懐から三枚の呪符を取り出し、投じてきた。

呪符は再び三匹の大ムカデに変化し、猛然と襲い来る。

それを見てローザは――ドンッ、と地面を蹴って、逆突撃を仕掛けた。

「芸のないこと！」

今度こそ威勢のいい啖呵とともに、ブライネの燃える刀身を一閃《いっせん》、二閃、三閃。

大ムカデどもをすれ違い様に斬り捨てる。

タリアとの戦いでは、神の加護を苦にして実力を発揮しきれなかっただけで、本来これほどの真価を持つ騎士なのだと証明してみせる。

そのままいとも容易《たやす》くサロイのところまで肉薄する。

「お、おのれ……！」

「させないわよ！」

懐から呪符を取り出そうとしたサロイの右腕を、ローザは一刀の下に斬って落とした。

まさに圧巻の実力差を見せつけた。

「どうやら、ここまでのようですね……」

対してサロイは右手の先を失っておきながら、案外冷静に言う。

普通なら激痛で叫ぶなり、のたうち回るなりするはずなのに。

その理由はすぐにタリアにもわかった。

サロイだったものが突然姿を消したかと思うと、一枚の呪符がその場に残り、ヒラヒラ舞い落ちたからだ。

（わたくしが一緒に旅をしていたのは、サロイ殿ご本人ではなかったということですか……）

恐らくは魔法で作り出した、分身だか使い魔だかだったのだろう。

「何よ、拍子抜けだわ」

とローザも呪符を踏みつけながら、悪態をついていた。

それから彼女はタリアの傍《そば》まで戻ってきて、事情を訊《き》いてくる。

「なんであんたがいきなり襲われてんのよ。さっきの奴《やつ》、誰よ」

タリアはうずくまって体を休め、呼吸を整えてからその質問に答える。

「……帝都の魔道院から派遣された、サロイと名乗っておりました」

「魔道院！　道理でけったいな呪符を使うわけね！」

「わたくしがコンカスまで来たのも、あの者の依頼があったからです……」

とタリアは手短に事情も説明する。

「ふーん。あんた、ハメられたんじゃない？」

「……でしょうね。姫様の異変にも、きっとあの者が関わっています」

そうとでも考えないと、あまりにタイミングが良すぎる。

「吸血鬼退治はただの口実……。姫様の護衛だったわたくしが邪魔で、引き離すための策だったのでしょう……」

怒りで拳を握り締める。

力んだ拍子に、また咳が出る。

そのタリアの様子を見たローザが、同情を隠せない様子で言った。

「あんた、戻ったところでその体じゃ、何もできないんじゃない？」

「…………」

タリアは何も言い返せなかった。

事実、今も襲撃を受けて、手も足も出なかった。

州都に帰るまでに、病状が悪化することはあっても回復はしないだろう。

もしファナ姫にサロイ本人の魔手が伸びていたとしたら、今のタリアに守り通す力はない。

「……でも、助けを求めることはできます。ご領主様でも、ラルス神殿でも、シュタール神殿でも。姫様を――〝蒼の乙女〟を救うためならば、力を貸してくれるはずです」

「ホントに？　魔道院が動いてるってことは、皇帝の勅命ってことよ？　それに逆らう気概があるかしら」

「…………」

タリアはまたもすぐには反論できない。

腐敗したシュタール神殿はたとえ〝蒼の乙女〟であろうとも、皇帝にならば恐らく売る。

一方、クレアーラ伯は愛娘を守るためなら、きっと勅命にだって逆らうだろう。

しかし彼自身は頼りのない領主でしかなく、臣下たちはついてこない。

それではなんの助けにもならない。

最後にラルス神殿は信用できる。

ただ元々の勢力が乏しく、修道戦士団も決して大所帯ではない。

サロイの他、シュタール神殿や帝国貴族たちまでが敵に回ったら、とても敵《かな》わない。


状況は、あまりに絶望的だった。


闇が広がる町の路地に、重い沈黙が落ちる。

戦いの熱は完全に去り、冬空の寒さがじわじわと押し寄せる。

タリアはうずくまったまま。

まだ立ち上がれるほどに体力が回復していない。

ならば這《は》ってでも進む。

どこへ？　自分でもわからない。この行為に意味を見い出せない。

なのに衝《つ》き動かされるように、タリアは土に塗《まみ》れて這い進む。

「ねえ――」

見かねたように、そして沈黙に耐えかねたようにローザが言った。

「――もうホンッット最悪最後の手段だけど、あんたの体を回復させる方法があるんだけど？」

聞いて、地面をつかむタリアの手が止まる。

眦《まなじり》を決して顔を上げ、ローザを仰ぎ見る。

「教えてください」

最悪でもいい。

最後の手段でもいい。

ファナ姫を助けに行くことができるのなら、後のことはどうだっていい――

◇◆◇◆◇

「御意により全て鎮火して参りました」

「うむ、ご苦労」

俺――カイ＝レキウスは、跪《ひざまず》くジェニをねぎらった。

市長公館の、三階バルコニーでのことである。

恐らくタリアかその仲間の工作だろう不審火を、ジェニが全て消して戻ってきたのだ。

エルフの中でも優れた魔術師であり、水の精霊を操ることのできる彼女ならば、造作もなかったことだろう。

俺はその間バルコニーにソファを用意させ、月を愛で火事を見物しながら酒を飲んでいた。

夜風の冷たさも、真祖となった今の俺にはなんのその。

まあ、優雅なものだ。

しかし働き者のエルフの騎士は、役目を与えられて光栄に思えど、主の怠惰を責めなどしない。

ただ褒美は欲しそうにしていたので、ソファの隣に来るよう手招きする。

彼女の血を吸うことで、俺は得も言われぬ美味を、ジェニはめくるめく快感を味わうのだ。

「し、失礼いたします」

「遠慮するな。信賞は俺のモットーだ。むしろおまえの方からねだって構わないのだぞ?」

「わ、私は騎士ローザのような、はしたない真似はできませんっ」

「そうか。確かにその慎み深さが、おまえの可愛いところだな」

「きょ、恐悦至極に存じますっ」

どこまでも堅い口調のまま、しかしうれしさで表情を蕩《とろ》けさせるジェニ。

俺はエルフ特有の華奢《きゃしゃ》な肢体を抱き寄せ、うなじに牙を突き立てようとする。

俺の腕の中で、頬を赤らめたジェニがその瞬間を今か今かと待ちわびる。

だが——俺たちは結局、お預けを食らわされた。

「話があるわ!」

とローザが乱入してきたからだ。

「……いったいなんの用件だ、騎士ローザ？」

ジェニが俺の腕の中のまま、殺気立った様子で訊ねる。

吸血《ごほうび》を邪魔され、つまらない用事だったら承知しないぞと言わんばかり。

「お客を連れてきたの。驚かないでよ？」

ローザはそう言うと一旦館内に戻り、またバルコニーに現れた。

自分よりも背丈の高いタリアを背負って。

「なんのつもりだ、騎士ローザ？　その女は陛下のお命を狙う敵のはずだが？」

返答次第ではタダではおかないとばかりに、ジェニがますます殺気立つ。

「あなたがその女に肩入れすることには、一定の理解を示そう。しかし私自身はその女を全く許していない」

「……ローザ卿《きょう》に非はございません。わたくしが案内をお願いしたのです」

ローザの代わりにタリアが、未だ半死半生の様子で答えた。

フラつきながらも自分の足で立ち、衰弱した体で俺の前に跪いてみせた。

「どうかわたくしの話を聞いてくださいませ――カイ＝レキウス様」

「よかろう」

俺はジェニを離すと、ソファにしっかりと掛け直して聞く姿勢をとる。

タリアはあたかも異国の王に奏上するように、恭しい態度で告げた。

「わたくしが仕える姫様を、〝蒼の乙女〟ファナ・クレアーラ様を魔道院の企みから救い出すため、御身の偉大なお力が必要なのです」

「ほう？　具体的には、俺にどうしろと？」

「御身の血の一滴を、どうかわたくしにお授けくださりますよう」

「ふはっ」

この俺としたことが、思わず噴き出した。

やむを得まい。こんな愉快な話があるか？

「ラルスを信仰する聖職者のおまえが、俺の眷属に――吸血鬼になるというのか？」

魂まで腐り果てた生臭坊主ならばともかく、こやつほど敬虔《けいけん》な信徒がそれを望むなど、もしかしたら前代未聞のことやもしれんな！

「なるほどな。ヴァンパイアが持つ強力な再生能力があれば、おまえを蝕む肺病とてすぐに克服できる。さすればおまえはすぐにでも、姫の元へ駆けつけることができる」

どうせローザ辺りのアドバイスなのだろうが、思い切ったことだ。

「だが悪いな、俺は眷属は厳選する主義だ。真祖たる者が妄《みだ》りに増やせば、大変なことになるのでな。第一、おまえに力をやる俺のメリットはなんだ？　〝蒼の乙女〟は俺にとっては赤の他人でしかない。どうなろうが知ったことではないし、いっそ消えてくれた方がルナロガ征服を再開できる」

魔道院とはこの現代でも魔術を秘伝し、独占する皇帝直属の機関だと、レレイシャから聞いたことがある。

ならば奴らが何を企み、〝蒼の乙女〟をなんに用いるのか、想像がつく。

こと魔術にかけて、俺の造詣はちょっとしたものなのでな！

そして奴らの企みは、俺にとってさほど不都合ではないのだ。

「それともタリア。おまえが助け出した後に〝蒼の乙女〟を、俺へ差し出してくれるのかな？」

それなら俺にもメリットがあるが、否定されるとわかって惚《とぼ》けて訊いた。

タリアもかぶりを振って答えた。

「いいえ、わたくしの忠義は全てファナ姫様に捧げております。御身が姫様のお身柄を欲すると仰せなら、御身の眷属となった後も、わたくしは姫様のため御身と戦う所存にございます」

「ははは、大胆不敵な奴だ！　恩を仇《あだ》で返すというか！」

タリアの物言いにジェニはむっとなっていたが、俺は逆に鷹揚《おうよう》に笑い飛ばす。

よくもぬけぬけと言ってくれたが、一周回って根性の据わった奴だ。

嫌いじゃない。

それに加えて、タリアはただの恩知らずとは思えない。

話に続きがあるはずだ。

「ですが仰せの通り、わたくしもタダで助けていただきたいとは申しません――」

予想通り、タリアは俺へのメリットを提示した。

「姫様がご存命である限り、わたくしはずっと姫様の騎士です。ですが姫様が天寿を全うなされた後ならば、残りのわたくしの人生を全て、カイ＝レキウス様に捧げます。御身の騎士として、誠心誠意お仕えいたします」

「よいのか？　ヴァンパイアは極めて不死に近い種族だ。対して常人である〝蒼の乙女〟の寿命は、あと三十年ほどか。五十年か。なんにせよその後に続くおまえの人生は、その十倍以上の永きに亘《わた》ろう。〝蒼の乙女〟にほんの一時仕えるために、割に合わぬとは思わないか？」

「思いません。全て覚悟の上です」

「聖職者のおまえからすれば、悪魔に魂を売るに等しい行為だぞ？」

「それも覚悟の上です」

「いいいい、よかろう！」

俺はソファから立ち上がると、右手をタリアに翳《かざ》した。

「おまえのその覚悟、言い値で買ってやる」

人差し指の先へ魔力を走らせ、皮膚を裂き、血の珠を浮かべた。

「上を向いて口を開けろ」

「このご恩、生涯忘れません。千歳《ちとせ》、幾歳《いくとせ》、不死の生が尽き果てる時まで」

タリアは一度深々と頭を下げた後、俺の言葉に従った。

口を開けて待つ彼女の舌の上へ、俺は血の珠を落とした。

俺の二人目の眷属が、誕生する瞬間だった。

◇◆◇◆◇

（体が……軽い！）

夜の街道を、タリアは己の足で疾駆していた。

そう、下手に馬を使うより速く、何より疲れ知らずなのだ。

貴族種の吸血鬼《ノーブルヴァンパイア》に転生した今や、彼女は！

直前まで肺を患い、全身が鉛のように重い状態だったから、余計にでも落差に驚く。

足で大地をつかむように、力強く体を前へと蹴り出す感触。

頬で大気を裂くように、信じられない速度でグングンと進む感触。

全身の血流が感じられるかのように体が熱く、心臓はバクバクと鼓動し続け、しかも破れる様子がない。

それらの全てが快感だった。

人の身のままでは為し得ない、超越種《ヴァンパイア》の特権だった。

人の身を捨てたのは、あくまでファナ姫を助けるための最終手段だったのに、

（これを喜びと感じてしまうのは、聖職者として堕落ですね……）

懺悔《ざんげ》をしながら、しかしタリアは止まらない。

（わたくしが行くまで、どうかご無事で。姫様……！）

州都ルナロガまで一路。

月明りを浴びてタリアはひた走る。

冬空の下、火照るように熱く、熱く。

昼は町の安宿で太陽をやりすごし、夜は人気のない街道を爆走する。

コンカスまで四日で来た道程を、タリアは二日で引き返した。

州都に到着したのもまた深夜。

サロイが待ち構えていることも想定して、慎重に伯爵家居城へ向かう。

だが、六年間住み慣れたそこでタリアを待っていたのは、沈黙と暗闇だった。

寝ずの番の使用人たちがいない。

夜番の歩哨《ほしょう》の兵士たちがいない。

人一人見当たらない。

玄関広間も廊下も完全に灯が落とされ、重苦しい雰囲気を醸し出している。

もしタリアが夜目の利くヴァンパイアに生まれ変わっていなかったら、空気に呑まれていたかもしれない。

「姫様！　ご領主様！　誰か！」

タリアはもう大声を出して捜し回る。

サロイに見つかったらどうするだとか、言っていられない。

とにかくファナ姫や他の者たちの安否を確認するのが優先だ。

焦りを覚えながら広い城内の、まずファナ姫たちのいそうな場所から確認する。

――と。

廊下の行く手に、集団の気配があった。

あちらもタリアの声を聞きつけたのだろう。灯の点った燭台《しょくだい》を手に、十人ほどの武装した男たちがやってくる。

「やはりタリア殿でいらっしゃったか！」

と先頭を行く若者が、喜声を上げる。

ほとんど面識のない青年で、タリアは名を思い出すのに少し時間がかかった。

「……！　カミオン卿ではございませんか！　どうしてこちらへ？」

駆け寄り、訊ねる。

ちょうどタリアがファナ姫の専任護衛に選ばれたのと同時期に、十八の若さでクレアーラ伯から騎士叙勲された青年である。

聡明《そうめい》且つ実直な人物だという覚えがあり、今は確かいずこかの州境で周辺警備の任に当たっていたはずだが。

「ええ、タリア殿。先日まで、マーク砦《とりで》で勤務しておりました」

「では〝夜の軍団〟の？」

「はい。カイ＝レキウス殿の寛大な処遇で、兵たちともども逃げ帰って参りました」

忸怩《じくじ》たる想いを抱えた顔で、しかしカミオンは己の恥を包み隠さず語る。

砦の兵たちを率い、希望する者は帰郷させつつ街道を撤退し、クレアーラ伯への報告のために州都に辿《たど》り着いたのが三日前。

吸血鬼退治にコンカスへ出陣したタリアとは、途中で入れ違った形だ。

「でしたらカミオン卿はご存知でしょうか？　この城はいったいどうなっているのでしょうか？　ご領主様や姫様はご無事なのでしょうか？」

「それが……伯爵家は皇帝陛下の勅により、お取り潰しとなった由です」

「ええっ⁉」

寝耳に水の事態に、タリアは声を出して驚いた。

「私も後から調べただけで、現場を見たわけではありませんが、順を追って説明いたします」

とカミオン。


事の始まりは四日前。

その夜も催された晩餐会《ばんさんかい》に、帝都魔道院のサロイと名乗る人物が現れた。

彼は皇帝の勅書を携え、クレアーラ伯が国家転覆を企てたため、ルナロガ総領主家を取り潰しにすると発表した。

あまりの唐突さに場は騒然となったが、畏《かしこ》くも皇帝陛下の勅には逆らえない。

出席していた貴族たちは全員、サロイの命令でそれぞれの領地へ帰っていった。

また同時にサロイは、クレアーラ伯を既に処刑したことも発表し、伯爵家に仕える騎士や兵、使用人たちへ一斉に暇を出して城を退去させた。

そしてサロイ自身は、残るファナ姫を連れていずこかへと去った。

聞けば聞くほどメチャクチャな事態に、タリアは目を回しそうになった。

カミオンもまた言った。

「私自身、到底納得がいきません。伯爵家が本当に反逆を企てていたなら、今ごろ末端の使用人まで捕らえられ、厳しく関与を尋問されているはずです。ルナロガ州に領地を賜る他の諸侯だって、不問のままだなんてあり得ない。ファナ姫が伯爵閣下に連座させられていないのもあり得ない。何よりあの虫も殺せないようなクレアーラ伯が、国家転覆だなんて大それたことを企むのがあり得ないでしょう！」

だから彼は部下や兵たちを使い、調査に奔走したのだという。

同時にこの城で、タリアの帰還を待っていたのだという。

「タリア殿が何やら密命を帯びて、都を離れていたことは、すぐに調べでわかりました。これはファナ姫と引き離すサロイの策ではないかと、ピンと来ました。だったら聡明なタリア殿のことだ、あなたもまたすぐに罠《わな》に気づいて、城にお戻りになると踏んでいたのです」

その理路整然とした説明に、タリアはいちいちうなずかされた。

聡明というなら、このカミオンのことを言うのだと思った。

「ファナ姫の行方も調べがついております。しかし私だけではどうにもならない。ともにお救いに参りましょう、タリア殿」

クレアーラ伯がこの若者を騎士に抜擢《ばってき》したのは、まさに慧眼《けいがん》だったのだ。

◇◆◇◆◇

サロイが現在身を置いているのは、ルナロガ州東部フリュン子爵領にある第二都市、メセトマヤであった。

実はサロイはクレアーラ伯よりも先にフリュン子爵と接触し、皇帝の勅書を盾に協力を約束させていた。

ほどほどに田舎で目立たない割には、ほどほどに人口がいて発展もしたこの町で、魔術儀式を執り行う祭壇を秘密裏に建造させていたのである。

サロイは己の分身を残し、町で人夫を雇って陣頭指揮を執らせた。

儀式を行うのは一回こっきり、祭壇も即席のものを突貫工事させた。

場所は町の中央にある広場を使い、周囲は垂れ幕で覆いをして人の目から隠した。

また完成後は子爵から借りた兵士以外、立ち入りを禁止した。

そうして万端準備を整えた上で、ファナ姫を拉致してきたのである。

そのファナ姫は現在、意識を失い昏倒《こんとう》していた。

広場中央の祭壇に、巨大な球状の玻璃《ガラス》を祀《まつ》ってある。

サロイが調合した霊液《エーテル》で満たされたその中で、ファナ姫は胎児のように膝を抱えた格好で眠っていた。

顔色は蒼白《そうはく》で、頬はこけている。

ただ絶食させているというだけではない。時間をかけて肉体から魂を抽出し、完全に分離させる魔術儀式の真っ最中なのである。

その祭司ともいえるサロイは、寝食も忘れて儀式の推移を見守っている。

段々と蒼く染まっていく霊液の色合いから、魂の抽出が順調に進んでいるのが見てとれる。

ただし、ファナ姫の魂の抽出は儀式の目的の半分でしかない。

球状ガラスの中にはもう一人の影があった。

否、もう一柱というべきだろう。

重甲冑《かっちゅう》を纏《まと》った戦士が、ファナ姫を慈しむように抱きかかえていた。

護国の鬼神として降ろされた、アル＝シオンの分霊である。

サロイの右手には人の第八胸椎——建国の英雄アル本人の遺骨が握られている。

その聖遺物の霊力を以って、本来は人の手に負えぬ〝神〟を相手にした儀式をコントロールしていた。

抽出したファナ姫の魂を、アル＝シオンのそれに馴染《なじ》ませている真っ最中なのだ。

そうして二人の魂を融合させ、アル＝シオンをより強大な守護神に祀り上げるのがサロイの目的であった。

今現在でも既にファナ姫の魂を五割ほど抽出、及びかつて夫であった〝神〟との適合が進んでいるため――ファナ姫の息の根を物理的に止めることで儀式を途中完了させ――アル＝シオンの神力を相応に高めることはできる。

だが、ここまで策を練ってお膳立てをしたのだから、どうせならファナ姫の魂の十割を融合させて、アル＝シオンを完全体としたい。

相手は本物の「カイ＝レキウス」である可能性があるのだ。中途半端なことをして勝てませんでしたでは、目も当てられない。

サロイはそこまで愚かではないし、拙速とは対極にある性分をしている。

「まあ、あと二日もあれば終わるでしょう」

魂の全てが抽出されれば、ファナ姫は死に至る。

その刻限をサロイは平然とカウントし、また満足げにほくそ笑んだ。

町の西の山の向こうに、夕日が沈んでいく。

メセトマヤに来て三度目の夜が訪れる。

広場の外周を警備させている兵士たちが、垂れ幕をめくって姿を見せ、広場内のあちこちに篝火《かがりび》を灯していく。

また彼らの隊長がサロイのところまでやってきて、歓心を買いたい一心で言う。

「旦那、そろそろ夕食をお持ちしましょうか？」

「いいえ、結構です。言ったはずですよ？　僕は儀式が終わるまで、食事も睡眠もとるつもりはありません」

「ですが、さすがにお体に悪いんじゃ……」

「しつこいですよ。僕の口から子爵閣下に『君が役に立つ男だった』と報告させたいのなら、無用の気遣いではなく無心で指示に従ってください」

空腹も眠気も、サロイにとってはなんでもない。

冬の夜風に晒《さら》される寒ささえも。

「……へい」

如何《いか》にも腕っ節自慢の、学のなさそうな隊長は不満げに去っていく。

本当に如才のない男なら、そんな顔は絶対に見せないものだが。

(実際、できれば二度と見たくない、不愉快な顔をしていますが)

やれやれと嘆息するサロイ。

しかしその夜のうちに、隊長の顔をもう一度目にする羽目になった。

「今度はなんですか？」

息せき切って駆けてきた兵士たちに、サロイは冷淡に問う。

先頭の隊長が切羽詰まった様子で答えた。

「火事です。それも町のあちこちで」

「…………」

聞いて無言で目を鋭くするサロイ。

嫌な予感がした。

城塞都市コンカスで分身に放火させて回った、自ら立てた陽動作戦を彷彿《ほうふつ》した。

「市民も駆り出して、すぐに鎮火するように」

「へい、旦那」

「でも広場の警備は怠らないように。騒ぎに乗じて、不逞《ふてい》の輩《やから》が乗り込んでこないとも限りません」

「それも承知いたしやした、旦那」

兵らも危機感は抱いていたのだろう、今度は素直に従い、指示を実行するため走っていく。

しかし嫌な予感とは当たるものだ。

陽動で町に火を点けて回るのは、常套《じょうとう》ともいうべきで別段珍しくもない。

だけど今夜のこれは、意趣返しに思えてならなかったのだ。

そして、その勘が正しかったのだ。

広場のすぐ外で、兵たちの悲鳴が連続した。

にもかかわらず、激しく争うような音は聞こえなかった。

襲撃者が徒党ではなく、且つ恐ろしく手際が良い証拠だ。

サロイは舌打ちしてそちらを見やる。

垂れ幕の覆いの向こうから、襲撃者が姿を見せた。

やはり一人だ。

予想通りの人物だ。

眦《まなじり》を決している今でさえ、どこかおっとりとして見える淑やかな美貌。

右手に鎚鉾《つちほこ》。左手に大盾。長身と相まり迫力ある鎧《よろい》姿。

武術と祈禱術に長けた、ルナロガ随一の聖堂騎士。


「こんなに早く見つかるとは思いませんでしたよ、タリア殿」

「ひとえにご領主様の人望ですよ、サロイ殿」

肩を竦《すく》めたサロイに、タリアが毅然《きぜん》と答えて歩み来る。

（総領主の人望も領内の人材も、どちらもさほどあるようには見えませんでしたがね）

しかし町に火を点けて回っているのは、恐らくクレアーラ伯家臣の軍人たちだろう。

彼らが陽動を行い、その隙にタリアが単独で本丸に攻め込む——まさしくコンカスでサロイがとった作戦の焼き直しだ。

しかも今はサロイがしてやられた格好で、皮肉なものを感じる。

「姫様を返していただきます！」

タリアが力強く宣言した。

サロイの分身がコンカスで最後に戦った時は、何やらひどく衰弱していたが。

あれはもう治ってしまったのか？

タリアの様子を凝らし見て、気づく。

「その不浄の気……まさか吸血鬼になったのですか？　栄えあるラルスの聖堂騎士のあなたが？

ファナ姫を助け出すためとはいえ？　カイ＝レキウスに魂を売ったのですか！」

なんと必死で、なんと滑稽な女か！

サロイは失笑を禁じ得ない。

「栄光などというものがわたくしにあるとすれば、それは姫様を守り通した先にあるのです」

タリアは歩みを止めず、堂々と嘲弄を受け止めた。

彼我の距離およそ百メートル。

サロイは左手で二枚の呪符を懐から抜き、構える。

（カイ＝レキウスの眷属とはなっても、共闘してはいない様子。カイ＝レキウス自身が攻めてくるならともかく、あなた一人を返り討ちにするくらい造作もありませんよ）

右手で聖遺物の骨を握り、そこから溢《あふ》れんばかりの霊力を借り受ける。

そして二枚の呪符へ込め、タリアへと投じる。

呪符は空中で変化するが如く、炎の王《イーフリート》と風の王《フレスベルグ》を精霊界から召喚する。

左右からタリアへけしかける。

「裁きと雷を司る神よ、ラルスよ！　ここに御身の敵がございます！　願わくば神罰を下し給え。愚禿《ぐとく》が代行することをお赦《ゆる》し給え！」

対してタリアは《大いなる雷神の加護と恩寵《カラグリア・オン・ラルス》》の聖句を唱えた。

「ほっ。吸血鬼と堕したあなたが、まだラルスの加護を得られるというのですか？」

サロイにとっては信じがたいことだが、現実にタリアは奇跡を起こしてみせた。

その全身と装備に、神の雷を纏ってみせた。

ただし呪いのような漆黒の雷で、罰の如くタリア自身の肉体を灼《や》く。

「奇妙な真似を！〝蒼の乙女〟といいあなたといい、よくよく神に愛されていることだ！」

知的好奇心を満たす面白いものを見ることができたと、サロイは哄笑《こうしょう》する。

そう、笑っていられる余裕がある。

本来の彼は戦事《いくさごと》を不得手とし、タリアと正面から戦っても勝つ自信はない。

魔道院のエリートで、術を心得た正真の魔術師であるが、才覚が諜報《ちょうほう》工作方面に振り切っているのだ。

だからファナ姫をさらう障害となる聖堂騎士も、策を以って遠ざけたわけだ。

しかし今のサロイには、アル＝シオンの聖遺物がある。

降臨させた御霊《みたま》も傍にいる。

サロイはヴァスタラスク帝国に心酔していた。

大陸全土を三百年に亘って支配する、この超大国を崇拝していた。

いわば帝国教徒であった。

それゆえタリアが雷神《ラルス》の加護を得られるのと同様に、サロイは聖遺物を通して帝国の守護神《アル＝シオン》の霊力を借り受けることができるのである。

その桁違いの霊力と呪符を以って第八階梯《かいてい》魔術を二重行使し、同時召喚したのがこのイーフリートとフレスベルグなのだ。

「如何なルナロガ最強の聖堂騎士といえど、ひとたまりもないでしょう！」

サロイは勝利を確信し、ゆえに哄笑を続ける、
が、

「ラルスよ！」

タリアは御名を唱えると、《雷神備え《ラルス・ヴェーダ》》の変化ともいうべき漆黒の稲妻を全身から放電した。

迫る炎の巨人《イーフリート》と風の大鷲《フレスベルグ》へ浴びせ、纏めて怯《ひる》ませた。

どころか逆にメイスを振るい、イーフリートの横っ面へ叩《たた》きつけた。

炎の肉体を持ち、物理攻撃を無効化するはずの精霊王が、ラルスの加護《のろい》を帯びた鉄槌《てっつい》で殴り飛ばされた。

「なっ……」

哄笑していたサロイはその表情のまま、戦慄で凍り付く。

彼の予想とはあべこべに、タリアは二体の精霊王を圧倒した。

メイスで滅多打ちにし、幾度も黒い稲妻で薙ぎ払った。

逆に精霊王たちの猛火と暴風は、ラルスの加護を帯びた大盾で完封した。

さもありなん。

今のタリアは貴族種の吸血鬼。

常人を遥かに超えた霊力を持つ超越種なのだ。

同じ《大いなる雷神の加護と恩寵《カラグリア・オン・ラルス》》でも、人の身であったころのそれと今とでは効力が格段に違って道理。

ただし闇の住人となった今のタリアの肉体は、神の加護そのものに拒否反応を示す。

ゆえに雷神の恩寵《おんちょう》を得ている間、ずっと全身が灼かれ続ける。

その激痛たるや、大の男でも泣き叫ぶほどだ。

しかしタリアは耐える。

むしろ吸血鬼と堕し、ラルスを裏切った罰が、この程度で済むのならばと喜びさえ抱く。

カイ＝レキウスに魂を売ってなお、彼女の本質が聖職者であることは変わらないのだ。

徳の高さが失われるものではないのだ。


その覚悟の違い――あるいは正真の聖職者の凄味《すごみ》というべきか。

目の当たりにして、サロイはゾッとさせられた。

心酔や崇拝という名の、帝国の権威への依存心しか所詮は持ち合わせない男は、完全に気圧《けお》されていた。

ついにタリアが鉄槌でイーフリートを打ちのめし、黒雷でフレスベルグを焼き払い、消滅させる

まで手をこまねいていた。

「手品はもうネタギレですか！」

とうとうタリアの矛先がサロイへ向けられる。

戦闘用の呪符はまだ何枚もあるが、最強の札である二枚はもう切ってしまっている。

必勝を期したはずのその二枚を、あっさり降《くだ》したタリア相手に、残りを駆使したところで時間稼ぎにもならないだろう。

（まずいですね……）

サロイは逡巡《しゅんじゅん》する。

右手にはアル＝シオンの遺骨がある。

今すぐファナ姫の命を絶ち、儀式をここで打ち切り護国の鬼神を目覚めさせれば、如何なタリアとて敵《かな》うわけがない。

だが、本当に儀式半ばで終えていいのか？

その後、カイ＝レキウスという大本命を討つのに、不足が生じるのではないか？

タリアは所詮は最終目的の途上にある障害であり、その排除のために計画を前倒しにするのは本末転倒も甚だしいのではないか？

迷い、決断できないサロイ。

実時間にすれば、ほんの数秒のことだろう。

しかし、その逡巡が致命的となった。

「我が神ラルスよ、御身の持物《じもつ》を――裁きの雷を貸し与え給え！　地上に正義を示し、降臨せしめ給え！」

突撃してくるタリアが聖句を唱え、一層強い黒雷をメイスに収束させる。

そしてまだ間合いの遠いそこから、サロイ目がけて撃ち放つ。

一条の黒い稲妻が宙を翔《か》け、飛来する。

狙いは一点、サロイの右腕だ！

凄《すさ》まじい電撃を浴び、千切れ跳ぶ。

握った聖遺物ごと、サロイは利き腕を喪《うしな》ってしまう。

「しまった！」

と祭壇を振り返った時にはもう、儀式のコントロールがサロイの手から離れている。

球状ガラスの中で、劇的な異変が発生していた。

蒼く染まった霊液が、見る見る透明になっていく。

せっかく抽出したファナ姫の魂が、急速に肉体に戻っている証左だ。

「馬鹿な……」

とサロイは愕然《がくぜん》。

二日かけてここまで抽出したのだ、たとえ元に戻るにしても同じだけの時間を要さなくては理屈に合わない。

さらにはガラスに亀裂が入り、今や完全に透明となった霊液が一気に溢れ、球状の儀式装置を内側から割り砕く。

「何がどうなっているんだ⁉」

混乱するサロイ。

誰にかけたのでもないその問いに——まるで答えるように——受肉したアル＝シオンが、兜《かぶと》の下で「爛《らん》！」と瞳に光を点《とも》した。

昏睡《こんすい》したままのファナ姫を雄々しく抱きかかえ、自らの足で立ち上がると、ギロリとサロイを睨《にら》めつけた。

「ひっ……」

これぞまさに神意か！　凄まじい気迫に打たれ、サロイは思わず腰砕けになる。

しかし、甲冑姿のアル＝シオンは一瞥《いちべつ》しただけでサロイから興味を失い、代わりにタリアの方へと向かう。

「お、おやめください！　お止まりあれ！　どうか、お止まりあれ！」

とサロイが懇願しても、耳も貸さない。

タリアの方もまたアル＝シオンへと進み出る。

一柱と一人の眼差しが、一瞬絡む。

そしてアル＝シオンは壊れ物のように丁寧に、〝蒼の乙女〟をタリアへ預けた。

タリアもまたメイスと大盾を取り落とすと、大切にファナ姫を受け取った。

「姫様……ご無事でよかった……っ」

と万感を嚙《か》みしめるような表情で、少女の濡《ぬ》れた顔に頰ずりをする。

「噓《うそ》だ……信じられん……」

その一柱と一人のやり取りを見て、サロイはますます狼狽《ろうばい》を極める。

聖遺物が手から離れた時点で、護国の鬼神が勝手に動き出すのはわかる。

だがそれならば、既に抽出済み分のファナ姫の魂を取り込み、融合しようとするはずなのだ。

術式に縛られ、アル＝シオンとしての人格はもはや剝落し、ただ自動的に帝国のために戦い続ける神格となった以上は、己の存在をより強固にする機会を見逃すはずがないのだ。

ところが現実には逆で、この守護神は自らの神力《ちから》を使い、少女の魂を元へ戻してやった（そうでなければ、あんなにも早く肉体に戻った現象に説明がつかない！）。

その上さらに帝国の敵である吸血鬼《タリア》へ、ファナ姫を託してしまったのだ。

「クソ……クソ……クソッ……計画が完全に狂った……！」

サロイは毒づきながら、弾け飛んでいった聖遺物をせめてもの拾いに走る。

一方、タリアは虚空へ向かって叫んでいた。

「儀式の妨害に成功いたしました！　姫様を無事、確保できました！」

そんなに大声で、そんなに懸命に、いったい誰に呼び掛けているのだろうか？

答えはすぐにわかった。

サロイが無事な左手でアル＝シオンの遺骨を拾ったのと同時――

殷々《いんいん》と聞こえてきたのだ。

クククク。

ハハハハハ。

ハハハハハハハハハハハハハハ！

高笑いとともに月に照らし出されたタリアの影から、何か黒いものが大量に噴き出てくる。

蝙蝠《こうもり》だ。

無数の蝙蝠の群れだ。

それらが寄り集まり、溶け合うようにして、一つの影を形作る。

眷属《タリア》の呼び声に応え、空間を超越して顕現した吸血鬼の真祖《トゥルーブラッド》。

カイ＝レキウス……！

◇◆◇◆◇

「アルが勝手に〝蒼の乙女〟を返し、さぞ驚いているようだな？」

俺――カイ＝レキウスは、サロイとやらに講釈してやる。

「本当に理解できぬのか？　魔術師といえども、現代の奴らはその程度か？　アルは〝蒼の乙女〟を心の底から愛していたのだ。貴様ら帝国の薄汚れた術式に縛られているのでもなければ、融合《ひとつになる》することよりも生きていて欲しいと願うのが――俺の弟だ‼」

いや、これではもはや喝破《かっぱ》だな。

対してサロイは、神妙な顔つきになって訊ねてくる。

「アル＝シオン様のことを『弟』とお呼びになる……。でしたら御身は、やはり本物の覇王。ヴァスタラスクの初代陛下であらせられるか」

「そうだ。三百年の時をかけ、真祖に転生したカイ＝レキウスだ」

少しは歴史《もの》を知っているらしいサロイに、俺は鷹揚に答えてやる。

するとサロイは一転、頬を皮肉っぽく吊《つ》り上げて、

「でしたら三百年の間に、随分とお優しくなられたようですな。敵には一切容赦せず、『流血王』『兇《きょう》王』と畏れられたと言い伝えられる御身が、そこのタリア《おんな》にほだされて、〝蒼の乙女《こむすめ》〟一人を救い出すのに、かくもご助力賜ろうとは。いやはや信じがたい想いですよ」

「おいおい、俺は生まれた時から慈愛と寛容に満ちた男だぞ？　もし史書にそう書かれていないなら、カリス帝とやらが俺の功績を妬んで、またぞろ歴史家どもの筆を枉《ま》げさせたに違いないな」

サロイの嫌味に、俺はおどけて答えてやる。

まあ、奴の言い分もあながち間違ってはいない。

確かにかつての俺は「流血王」だの「兇王」だの呼ばれていたし、容赦のないところがあるのは今でも自覚がある。

ただしそれは、必ずしも「敵」に対してとる態度ではない。

俺が一切の斟酌《しんしゃく》をしないのは、俺が「気に食わない相手」に対してのみだ。

例えばサロイ、貴様のような！

「ナスタリアに続き、俺の弟の魂を弄んだ罪、絶対に許さん」

「それはこちらの台詞ですよ。帝国に唾する賊として蘇《よみがえ》った御身は、もはや許される存在ではない」

サロイはそう啖呵を切ると、左手でアルの遺骨を握って唱えた。

「帝国に仇為す者が現れり！『世界の敵』が現れり！ヴァスタラスクの守護神よ、我らをお救いください！慈悲を賜りください！今ここに目覚め、帝国の敵を討滅されませい！」

聞くのも忌々しい、我が最愛の弟の魂を永劫《えいごう》に縛る術式だ。

タリアに〝蒼の乙女〟を託したアルの分霊《ぬけがら》が、たちまち俺へと敵意を向け、兜の奥で瞳を爛々《らんらん》と輝かせた。

「下がっていろ、タリア。加勢は要らん。大切な姫を守ってやれ」

アルの傍にいる眷属に、警告して距離をとらせる。

とはいえ護国の鬼神と化したアルの狙いは、あくまで帝国の敵となった俺のようだ。

タリアたちには脇目も振らず、襲い掛かってくる。

身に神鎧ヴェルサリウスを纏い、腰に佩《は》いた聖剣ケーニヒスを抜く。

どちらも三百年前に俺が、我が弟のために鍛えた「最高傑作」だ。

そこに戦乱の世で最強を謳《うた》われたアルの剣技が加わる。

今や真祖の身体能力を得たといえど魔術師にすぎない俺に、これに接近戦で抗するのは難しい。

アーカス州でナスタリアがアルを降臨させた時も、俺は散々に手こずらされた。


だが、俺は同じ轍は踏まない男だ。


事前知識がなかったアーカス州の時と違い、今回はアルと戦うための準備をしてきた。

懐から一枚の呪符を取り出し、迫るアルへと向けて投じる。

他の起動式と違い、「呪符」は予め用意しておく手間がかかるが、その代わり緻密な術式を瞬時に発動できるメリットがある。

俺がこの呪符に込めたのは、召喚系統の第十階梯。

遥か常闇宮《アビスパレス》から、巨大な軍用ゴーレムを転移させる。

そいつが六本の腕で、アルの突進を受け止める！

身の丈七メートルの巨体を、総オリハルコンで造ったゴーレムだ。

これほど贅沢《ぜいたく》な代物は、大陸の覇王となったかつての俺でも一体しか制作できなかった。

そのシルエットは人にして人に非ず。

首がなく、三対六本の腕を持たせせた異形だ。

爪を振るえばどんな名剣よりも切れ味鋭く、拳を振るえば破城槌《はじょうつい》を凌駕《りょうが》する威力を発揮する。

銘を〝闘神〟。

俺が魔術に専念できるよう、盾となり壁となり俺を護る、白兵戦特化に設計した〝十二魔神〟の一体である。

全高十五メートルの〝火神〟や〝風神〟らに比べると、かなりサイズが小さい理由がそれ。

加えてこいつは首と頭がない代わりに座席が設《しつら》えられており、俺がそこへ搭乗する。

「さあ、アルの残り滓《かす》よ――己の影と戦う覚悟はいいか？」

俺は異形のゴーレムに飛び乗ると、まさしく魔王の如く問いかけた。

〝闘神〟が声なき声で咆《ほ》え猛り、アルへと襲い掛かる。

六本の腕を駆使し、鉤《かぎ》爪で斬りかかり、拳を叩き下ろす。

その連打はあたかも暴風の如しだ。

アルほどの武人でなければかわしきれず、とっくに流血していただろう。

一方、アルが持つケーニヒスも厄介な――万物の霊力そのものを断つことのできる、破邪の剣である。

俺が〝闘神〟に施した防護の魔力も、ケーニヒスにかかれば無効化される。

ただし〝闘神〟の素材に使ったオリハルコンは、この世で最も強靭《きょうじん》な金属だ。

さらにアルの太刀筋を真っ向から受けるのではなく、斜めにいなすことで、ケーニヒスの凄まじい切断能力を凌《しの》いでみせる。

この〝闘神〟は単なる力自慢の独活《うど》の大木ではなく、恐ろしく繊細な白兵戦技術を有しているからだ。

制作に当たってアルと散々模擬戦をやらせ、その技術を学習させたからだ。

己の影と戦う覚悟はあるかと、俺が問うた理由がそれだ！

「まあ本物のアルならば、戦いの最中にも相手の癖や呼吸を覚え、対応してしまうだろうがな」

この護国の鬼神は、本物のアルではない。

術式で永遠に固定された存在であるため――もう成長しない。

贋物《がんぶつ》とは言うまい。

だが本物と比べれば、まさに残り滓というわけだ。


「なぜだ！　アル＝シオンともあろうお方が、なぜゴーレム風情を圧倒できない！」

状況を理解も分析も推測もできないサロイが、悪夢でも見ているかのように震えてわめく。

「今の世の魔術師は、本当に程度が低いな！」

俺は呵々大笑《かかたいしょう》し、〝闘神〟が夢から醒まさせてやるようにアルを拳で殴り飛ばす。

豪腕一閃、アルが紙切れの如く後方へ吹き飛んでいく。

アルが纏うヴェルサリウスは、「着用者を害する」ありとあらゆる概念そのものを遮断する魔力を持つため、ダメージ自体は皆無だろう。

だがこの隙に俺たちは、魔術を用いる余裕ができる。

「連結《コネクト》――」

と唱えた合言葉《キーワード》の通り、俺の霊力と〝闘神〟のそれを霊的ラインで結ぶ。

この軍用ゴーレムの心臓には、三百年前に討伐した鋼と闘争の神アサラウダの莫大《ばくだい》な霊力が宿っている。

通常はこのオリハルコンの巨体を動かす動力源に使うそれを、今はあたかも俺が外部に用意した貯蔵源として用いる。

そして人機一体の霊力を以って、大魔術を行使する。

「赫《かく》なるかな　赫なるかな　赫なるかな！
我が征夷《せいい》の勢い、まさしく燎原之火《りょうげんのひ》の如し
この武勲、何人たりとも無双也《ならばざるや》」

起動式は「詠唱」。

及び「結印」。

左右の指を絡め合わせ、術式と為す。

しかも俺一人ではない。〝闘神〟もまた六本の腕を全て用い、人体では不可能の複雑怪奇な印を結ぶ。

ここまで徹底しなくては、第十九階梯には届かぬ！

四大系統の秘奥、《極炎白皓修羅道制覇《ディナスターバルアスラ》》。

〝闘神〟が結印し、突き出した六腕の先から、極高温の烈光が一直線に迸《ほとばし》る。

その巨大な光の槍《やり》はアルを呑み込み、さらに後ろにいたサロイと祭壇を纏めて貫く。

冬の広場の空気が、まるで夏の最中と化したかの如くむわっと熱された。

後に残ったのは、広場の先まで真っ直ぐに地面を抉《えぐ》り、蒸発させた痕跡。

そして、さすがヴェルサリウスを纏ったアルは、ボロボロになりながらも耐えてみせた。

だがサロイと――奴が持つ聖遺物は消滅していた。

それが俺の狙い。

現世《うつしょ》とのよすがを失ったアルの魂は――それ以上、俺が手を下すまでもなく――幽世《かくりよ》へと還っていく。

光の泡となって消えていく。

アーカス州の時のように、わざわざ神殺しの魔術を使うまでもない。

非常に効率的な、俺好みの手法といえる。

そう、好みだ。

感傷だ。

あれがもはや本物のアルではないと頭で理解しているとはいえ――

何度も俺に殺させるな。

◇◆◇◆◇

ベッドの上で規則的な寝息を立てるファナ姫を、タリアは優しい眼差しで見守り続ける。

メセトマヤ町長の邸宅を接収し、姫を運び込んだ客間のことである。

町長を含めフリュン子爵家の兵士たちは、サロイを失ったことですぐさま投降していた。

その管理や火災の鎮火など、戦後処理は青年騎士カミオンと彼の部下が引き受けてくれた。

おかげでタリアはファナ姫の看病に専念できる。

儀式場を突き止め、案内してくれた件も合わせ、カミオンには感謝してもしきれない。

またタリアは、ファナ姫が無事だったことを改めてラルス神に感謝し、栄養失調状態にある姫の体力回復も祈願した。

吸血鬼となった身で、神の加護を授かるのはひどく痛みを伴うが、大切な少女のためなら厭《いと》いはしない。

その甲斐《かい》あってか、ファナ姫はほどなく目を覚ました。

「ここは……?」

「長くなりますので詳しい話はまたにして、もうしばらく安静になさってください」

見知らぬ天井に戸惑うファナ姫に、タリアはおっとりとした口調で諭す。

また毛布を肩まで掛け直してやる。

「そう、わかったわ。タリアが傍にいてくれるなら、もう安心だものね」

ファナ姫は聞き分けよくうなずき、再び目を閉じた。

そんな少女の心情を思い遣り、タリアは胸が苦しくなった。

閉じたファナ姫の瞼《まぶた》が、薄っすらと涙で滲《にじ》んでいく。

彼女にとっては優しい父親だったクレアーラ伯を――サロイに殺され――亡くしたばかりなのだ。

「タリアさえ傍にいてくれるなら」と言ったファナ姫の言葉の重みを、深く受け止めた。

これからもずっと一緒にいてこの少女を支え、守っていくと誓った。

そして二人でクレアーラ伯の冥福を祈り、黙禱《もくとう》を捧げた。

どれほどそうしていただろうか？

先に口を開いたのはファナ姫だった。

「私ね、タリアが助けに来てくれるまで、ずっと夢を見ていたの。ずっと昔に、愛していた人の夢」

「きっと神となられたアル＝シオン様に、守られていたからですわね」

タリアが広場に到着した時、球状の儀式装置の中、甲冑姿の戦士に抱かれていたファナ姫のことを思い出す。

「あの方がアル＝シオン様だと、タリアは知っていたの？」

「ええ。驚かないでいただきたいのですが、カイ＝レキウス様にいろいろ教えていただきました」

「まあ！　カイ＝レキウス様⁉」

驚かないのが無理だとばかりに、ファナ姫がベッドに横たわったまま目を丸くする。

それもそうだとタリアも思いつつ、事情を説明する。


——あれはタリアがカイ＝レキウスから血を授かり、ヴァンパイアに生まれ変わった直後のこと。

城塞都市コンカスは市長公館のバルコニーで、ソファに座る彼の御前に跪いていた。

「ではわたくしは、姫様を救出に行ってまいります」

立ち上がり、超越種となった己の肉体の活力と、肺病を克服できたことを確認しながら、タリアは恩人にそう挨拶した。

ファナ姫の元へ駆けつけるための力は、十二分に与えてもらった。

後は自分一人で解決する。そのつもりだった。

ファナ姫のことを赤の他人と呼んだカイ＝レキウスに、これ以上の助力を求めるわけにはいかないと思っていた。

ところがだ。

「お待ちなさいな、お嬢さん。急いては事を仕損じますわよ」

と背後から、楽しげな笑い声がかかったのだ。

振り返れば蒼髪の美女が、いつの間にかそこに立っていた。

「我が君は赤の他人などと仰いましたが、そんなはずがございません。なにしろ〝蒼の乙女〟は他でもない、弟君の奥方でいらっしゃいましたもの。まあ数代前の〝乙女〟の話ですが、魂は同一ですからね」

と説明してくれて、

「盗み聞きとは行儀が悪いな、レレイシャ」

とカイ＝レキウスを渋面にさせた。

「我が君こそ往生際が悪いですわよ？　本当は当代の〝蒼の乙女〟のことがご心配なのでしょう？　でしたらタリア卿に、もっと直接的にご協力なさっては如何ですか？」

と主君に対し、ズケズケと意見するレレイシャ。

するとカイ＝レキウスは「おまえには敵わん」とばかりにかぶりを振って、

「してもよいが、俺が助けに行くのはまずい」

と理由を説明する。

そう、魔術の開祖だという彼は、この時点でサロイの企みの全貌を読み当てていた。

世界の敵《カイ＝レキウス》を討つためには護国の鬼神《アル＝シオン》に頼るしかなく、その勝利を確実にするためにファナ姫の魂を必要としているのだと見抜いていた。

「〝蒼の乙女〟の魂を全て抽出するには、時間がかかる。今からタリアが駆ければ、間に合う公算が高い。だが俺が行けば、サロイは背に腹代えられず儀式を途中で打ち切り、アルを目覚めさせるだろう。そうなればもう〝蒼の乙女〟は助からない」

だからファナ姫を救い出すところまでは、タリア一人でやれと彼は言ったのだ。

もちろんタリアは最初からそのつもりだったし、説明にも納得できた。

ただこれだけは確認せずにいられなかった。

「わたくしが急げば、間に合うのですね？」

「俺も全知全能ではないから、絶対とは保証してやれん」

カイ＝レキウスはそう謙遜し、

「だがなあ、俺は思うのだ。アルは俺の忠告を押しのけて、山ほどあった障害も全部斬り払って、当時の〝蒼の乙女〟と添い遂げた。それほどまで情熱的に彼女のことを想っていたのだ、サロイが魂を融合させようと企んでも、最後の最後でアルの方が〝乙女〟を助けようとするのではないかとな」

と的確に予測してみせた。

「むしろちょっとくらい融合した方が、アルの霊力を得られて〝蒼の乙女〟の魂も逞《たくま》しくなるぞ？　それこそおまえの肩代わりをしていた肺病も、完治するのではないか？」

と勧めてみせた。


――そんなやり取りが実はあったのである。

「確かに私、前よりも霊力《ちから》が強くなっているかも……」

聞いてファナ姫は自分の両掌をまじまじと見つめる。

「咳も出なくなっているかも……」

と自分の胸に手を当てる。

「むしろ子供の時みたいに、外を駆け回りたい気分かも」

とイタズラっぽく笑ってみせる。

「ええ、ええ。乗馬も、舞踏も、一度は諦めたお稽古も遊びも全部、これからはできますね」

タリアは涙ぐみながら、何度もうなずいた。

「タリアも一緒につき合ってくれる？」

「もちろんですわ」

「ダンスの男役もやってくれる？　ステップを覚えてくれる？」

「ええっ。それは……まあ仕方ありませんね。この背丈を活かすことにいたします」

ルナロガ貴族の若様たちのような、くだらない男どもに姫を任せるくらいなら、自分の方がマシだとタリアは考える。

「ついでに私の旦那様になってくれる？」

「それはさすがに遠慮いたしますわ！」

「でもお父様が亡くなった以上、誰かを夫に迎えて家督を継がなくてはいけないのよね……」

帝国法では女領主も普通に認められているが、能力（政治力）の有無の問題で、ファナは冷静にそう判断していた。

「心中お察しいたしますけれど、早まらないでくださいね？　姫様はアル＝シオン様に操を立てていらっしゃるのですし、どうかご無理をなさらないでいただきたいです」

「そうねえ……いっそルナロガはカイ＝レキウス様に献上するということでいいかも」

破天荒なアイデアだが、現実的でもあるとタリアも思った。

第一、皇帝の勅を受けたサロイにあれだけの非道を繰り返され、帝国になお変わらぬ忠義を捧げろと言われても無理だ。少なくともタリアは。

「善は急げだわ、タリア。カイ＝レキウス様にお目通りさせてくれる？」

「承知いたしました。姫様がお目覚めになったご報告がてら、お呼びして参ります」

カイ＝レキウスはこの屋敷の居間で寛いでいるはずだ。

タリアは一礼し、急いで呼びに行こうとする。

「待って！　先ほどの話だけれど、タリアは一つ誤解をしているわ」

「ええと、それはどの話のことでしょうか？」

「別に私はアル＝シオン様に、操を立てているわけではないのよ？」

「えっ」

魂消《たまげ》るような台詞がファナ姫の口から出てきて、タリアは唖然《あぜん》となった。

ならば前世で心に決めた相手がいたという、あの話はなんだったのか。

あれほど結婚を嫌がっていたのはなんだったのか。

思考がついていかないタリアに、ファナ姫はさらに衝撃発言をぶち込んでくる。

「なのでルナロガ州を献上するのと一緒に、私もカイ＝レキウス様のご寵愛をいただきたいと思うの。その点、今後はさりげなくフォローお願いね？」

「えええええ……っ」

タリアは本気で困惑した。

うちのお姫様はいったいどうしてしまったのか。

これも魂が逞しくなった結果なのだろうか。

（なんだかわたくしよりも経験豊富な女性になってしまったかのように思えるのは、気のせいでしょうか……？）

そんなまさかと思いたかった。


暖炉で薪が爆《は》ぜる音が、寝室に響く。

タリアが呼びに行った後、ファナは独り静かにベッドで「彼」の訪れを待った。

夢の中では何度もともに語らったお方だ。

他の前世の記憶はさほど印象に残っていないのに、「彼」のことははっきりと憶えている。

隣国の王子で、初めて会ったのは「アンナ姫」と呼ばれていた当時の自分が、十四の時。

一目見て恋焦がれた。

今でも冷めず、色褪《いろあ》せない強い想いを抱いた。

でも「彼」との間にある障害はあまりに多く――結局、添い遂げることはできなかった。

何より「彼」の方が、「アンナ姫《じぶん》」にちっとも興味がないのがひしひしと伝わって、業腹だった。

「あの時はこちらへ振り向かせようとしたのがいけなかったわ。土台、独り占めなんてできるお方じゃないのに。先に私の方から彼の腕の中に飛び込んで、ただただ愛を捧げていれば、あのお方の態度も変わったはずよ。あの魔術人形《サーヴァント》がそうしたみたいに」

だから、今世《こんぜ》では、きっと。

と——そこでファナの思考は中断させられた。

タリアが戻ってきて、ドアの外からノックしたからだ。

「どうぞ」と呼ぶと、まだ困惑を滲ませた顔のタリアが入ってくる。

そして続いて、あのお方が。

(ああ、思い出すわ……)

初めて会った時と全く同じ顔、少年の姿をした「彼」。

長じて不敵で精悍《せいかん》な面構えになった「彼」もステキだけど。

絵にして自室に飾ってあるけれど。

でも初恋の時と同じ容姿で再会できるというのもそれはそれで、奇跡のようにステキなことだとファナは思った。

一方、「彼」の方もベッド脇まで来ると、横たわるファナの顔をしげしげと眺めて、

「不思議なものだな……。魂が同一だとは聞いていたが、顔の作りや髪色、瞳の色までアンナ姫と同じなのか。〝蒼の乙女〟が輪廻《りんね》転生を続けるという伝承、これはもうゆめ疑えぬな」

と興味深そうにしていた。

その無遠慮な視線を浴びて、しかしファナは不快どころか恍惚《こうこつ》となる。

前世において、カイ＝レキウスが「アンナ」に対してこれほど関心を示してくれたことなど、一度もなかったからだ。

やり直せる、と希望を抱いた。

だからまずは関係のリセットから始めた。

「申し訳ございません。輪廻転生するとはいっても前世の記憶は本当に曖昧で、ほとんど憶えておりませんの」

心にもないことを言いながら、ベッドで上体を起こす。

笑顔になって挨拶する。

「お初にお目にかかります、カイ＝レキウス様。亡きクレアーラ伯爵の娘で、ファナと申します」

「ああ、うむ、そうなのか。俺は初めて会った気がしないが……いや、これは俺が失礼した。カイ＝レキウスだ、見知りおけ」

「はい、御身の話はこのタリアから詳しく聞かせていただきました。このたびは多大なお力添えをいただき、また魔道院の策謀からこの身をお救いいただき、感謝の言葉もございません」

「俺は別に大したことはしていない。気を吐いたのはこのタリアだ」

「ふふ、そうですね。もしタリアが殿方だったら、きっと私は恋に落ちていたに違いないと、先ほど冗談を言っていたところなのです」

ずっと困惑を顔に張り付かせっ放しのタリアをよそに、ファナはくすくすと忍び笑いを漏らす。

一頻《ひとしき》りそうしてから、真っ直ぐにカイ＝レキウスの瞳を見つめる。

そして、

「カイ様がなんと仰られようと――私の窮地に颯爽《さっそう》と駆けつけてくださったのは、あなた様も一緒ですわ」

自分の方から「彼」の腕の中へ飛び込むように、強く抱きついた。

いくら側から離れたくなかったからといって、弟嫁の立場に甘んじるのではなく。

今度こそ一人の恋する少女として。

エピローグ

ルナロガ総領主クレアーラ伯爵の訃報が、州全土を駆け巡ったのがおよそ十一月の半ば。

その一週間後、さらに四つの驚くべきニュースが各地に届けられた。

一つ――亡きクレアーラ伯の死は、帝室と魔道院による策謀であったと公表したこと。

二つ――ファナ・クレアーラが夫も迎えず、女領主としてその跡を継ぐと発表したこと。

三つ――ルナロガ州は今後帝室と距離をとり、事実上の独立をファナが宣言したこと。

四つ――代わりに〝夜の軍団〟と提携を結び、ルナロガ、アーカス両州を一つに治める地方軍閥となることへの、理解と協力を他の貴族家へ呼びかけたこと。

以上だ。

その報《しら》せは当然、城塞都市ベートにも届いた。

町と一帯を領地とするホーウェン子爵の耳にも入った。

ファナの従兄に当たり、去年代替わりしたばかりの、愚かで残忍な青年貴族だ。

「ふざけんなよ！　メチャクチャじゃねえか！」

老いた家宰から話を聞かされた子爵は、唾を飛ばしてわめき散らした。

「帝国から離反して、やっていけるわけがねえ！　明日にも十万、百万の大軍が押し寄せて、ルナロガごと蹂躙《じゅうりん》されるのがオチだろうがよ！　昔から馬鹿だ馬鹿だと思ってたが、オレの従妹殿は何を考えてやがるんだか！」

子爵は神をも畏れぬ性格の唯我独尊を極めた男だが、そんな彼でも帝国に逆らおうだなどと考えたことは一度もない。

「ですが領民は例外なく、〝蒼《あお》の乙女〟であらせられるファナ様を支持しておる様子でございまして……」

「信仰と現実の区別もつかねえ愚衆なんざどうでもいい！　他家の連中はなんて言ってるんだ⁉」

「はぁ……それが調べさせましたところ、ほとんどのお家がファナ様の宗教的権威を憚《はばか》り、臣従を誓うために次々と州都に参内しておられるご様子で……」

「どいつもこいつも馬鹿ばっかかよ！」

子爵は吐き捨てると、常に傍《そば》に置くメイドたちを腹いせに蹴りつけた。

平伏し、ひたすらに寛恕《かんじょ》を乞う女たちを思う様殴る蹴るした後、子爵は肩で息をしながら言う。

「オレは頭のおかしい奴《やつ》らと心中なんかゴメンだ。オレ以外にも内心そう思ってる奴らはごまんといるはずだ。そいつらを糾合し、挙兵してファナを討ち、その首を持って改めて帝室に忠誠を誓う。ルナロガが生き残るにはそれしかねえ！」

気分のまま、思い付きを口走っただけの子爵だったが、わめき散らしているうちに段々自分でも名案ではないかと思えてきた。

亡きクレアーラ伯には、ファナ以外の直系の後継ぎがいない。

もしそのファナまで亡き者となれば、次のルナロガ総領主となるべき人物は誰か？

貴族の常として政略結婚を長年に亘《わた》って繰り返し、州内各家の大概はクレアーラ家と血縁関係にあるが、亡きクレアーラ伯の実妹を母親に持つホーウェン子爵は、いわゆる継承権の順位が相当に高い。これは事実。

ゆえに己が旗頭となってファナを討てば、総領主として後釜に座ったところで文句の声は出ないだろう。

きっと帝室も認めてくれることだろう。

「よし、布告を出せ！　ファナのやり方に不満がある者は、オレの元へ集えとな！　ファナと叛徒《はんと》どもを皆殺しにし、ルナロガに正道を取り戻した暁には、オレが重く取り立ててやる！」

豪語し、子爵はころっと機嫌を直した。

彼の脳裏には、既に自分が総領主となった明るい未来が見えていた。

民といわず貴族といわず、領内の全ての人間が己に平伏し、また足を舐《な》める様を想像し、恍惚《こうこつ》となった。


「――そのはずが、どうしてこうなった⁉」

ホーウェン子爵は顔を真っ赤にして怒鳴り散らす。

不気味なほどに静まり返った居城に、最上階の広間に、その大声が虚《むな》しく反響する。

先祖代々に亘り、あれほどいた家臣が、兵が、メイドや使用人たちの姿が、今やどこにも見当たらなかった。

沈没船から逃げ出す鼠《ねずみ》のようにいなくなっていた。

誰も火の番をしていないため、真冬の城内は完全に冷え切っている。

代わりに城の外には、ベートの市民が暴徒となって押し寄せていた。

月下、誰もが松明を掲げ、今にもそれを投じて城に火を点けようとしていた。

今日まで大人しくしていた奴らが、いきなり〝蒼の乙女〟の名を唱え、一斉蜂起したのだ。

恐らくファナが人を使い、裏で扇動しているに違いない。

暦は十一月も末。

子爵が味方を集めるために檄文《げきぶん》を飛ばし、同時にファナへ宣戦布告をしてから、さらに一週間のことである。

「誰か！　誰か説明しろ！」

子爵がわめくと、老家宰が広間に顔を出した。

長年、家に仕えた彼一人、城に残っていたのだ。

そしてどこか悟りきった顔で、主の諮問に答えた。

「私も非才を振り絞って根回しをいたしましたが、やはり拙速に過ぎました。何よりファナ様の宗教的権威が強すぎました。その結果がこの有様です。ファナ様を討つにも、せめていきなり檄《げき》を飛ばすのではなく、まずは帝室に身を寄せ、援軍を求めてから宣戦布告すべきでした」

「だったら最初からそう言え！　なぜ黙っていた⁉　臣下の務めだろうが！」

「……………」

子爵は形相を歪《ゆが》めて批難するが、老家宰は諦めきった顔つきをするばかりで答えない。


なぜこの忠臣が助言をしなかったのか？

理由に気づかないのは子爵一人である。

つい先日にも子爵は、「強大な〝夜の軍団〟の侵攻に対し、他家の救援を求めるかベートを放棄して撤退すべきだ」と至極真っ当な忠言をした騎士たちを、「臆病風に吹かれた」と貶《おとし》め、処刑したばかりだ。

あまつさえ騎士たちの身内にまで手をかけ、娘たちを裸で殺し合わせるという惨《むご》い仕打ちに遭わせた暴君だ。

もし老家宰が「いきなり敵対するのではなく、まずは帝室を頼るべきだ」と進言していたところで、子爵は腹を立てて聞き入れず、処断していたに違いない。

そうなれば誰が檄文を草案し、また他家に対して根回しを図るのか。

もしかしたら味方が集うかもしれないという、一縷《いちる》の望みさえ失う羽目になる。

「この役立たずのおいぼれが！」

愚かな子爵はただ激昂《げっこう》し、老いた忠臣を殴り飛ばした。

老家宰も決してかわさず、されるがままとなった。

お家と最期をともにする覚悟は、とうに済んでいた男だ。今さら殴打くらいなんでもない。

ただし、彼の覚悟は決して美談でもなんでもない。

ただの貴族制度の弊害――どんな愚物であろうとも生まれが良いというだけで権力が与えられ、またどんな暴君でさえ従うのが美徳と洗脳教育される――その醜悪さの一つの縮図でしかない。


そして、そんな腐った制度を唾棄し、嘲弄する男がいた。


「良いぞ。良いぞ。そうでなくては潰し甲斐《がい》がない。貴様は見せしめにちょうど良い」

「だ、誰だ⁉　隠れてないで出てこい！」

突如聞こえた嘲笑に、子爵は怒りの矛先を老家宰から変えた。

「別に隠れてなどいない。間抜けが見つけられなかっただけだ」

声の主はなお嘲笑を続けながら、広間に足音を響かせる。

その堂々たる闊歩《かっぽ》の音が近づいてくるや――窓から差し込む月明りの下――傲岸不遜な少年の姿が白々と現れる。

「何奴！」

「カイ＝レキウス」

少年は横柄に名乗った。

同時に吊《つ》り上がった口元から、二本の長い牙が覗《のぞ》いた。

「吸血鬼か！」

こいつがファナを誑《たぶら》かした〝夜の軍団〟の首魁《しゅかい》とやらであろうと、愚鈍な子爵も見当をつける。

「誰か、剣を持てい！　のこのこと一人でやってきた馬鹿を、オレ自ら退治してくれるわ！」

「はてさて馬鹿はどちらかな？　貴様は二つ、考え違いをしている」

「なんだと⁉」

親にも叱られたことのない子爵が、吸血鬼風情に痛罵されて怒りに震える。

「一つ――貴様に剣を届けてくれるような親切な御仁は、もうこの城に残っていないよ、裸の子爵サマ？」

「だ、黙れ！　黙れえええええええ！」

「二つ――貴様風情と剣を交えてやるほど、いくら俺でも伊達《だて》や酔狂ではない。貴様の相手は、ホラ、後ろにいるぞ」

吸血鬼が嘲弄し、子爵の背後を横柄に指した。

ただのハッタリだと、子爵は反射的に思った。

しかし、そうではなかった。

確かに何者かの足音が、背後から聞こえてきたのだ。

否、果たして足音といえるだろうか？

何か太く長いモノが、這《は》いずるような不気味な音が、忍び寄ってくるのである。

「クソウ！　次から次へと！」

子爵は恐怖に負けて、背後を振り返った。

そして、目の当たりにした。

上半身は美しい女だが、下半身が大蛇の姿という恐ろしい怪物を。

蛇女《ラミアー》を。

「元アーカス総領主、ナスタリア伯ナターリャだ。お貴族サマ同士、楽しく遊んでもらえ。今は俺の下僕となった成れの果てだが——貴様にもお仲間になって欲しいようだぞ？」

「ぎゃあああああああああああああああああああっ」

蛇女に襲い掛かられ、子爵は絶叫した。

全身の血を吸い尽くされ、自由意思のない奴隷種《レッサーヴァンパイア》の吸血鬼の仲間入りをした。

カイ＝レキウスに逆らった貴族はこうなるという、良い見せしめとなった。

彼の愚にも付かぬ人生の中で、初めて人の役に立つこととなった。

◇◆◇◆◇

そんなくだらぬ事件もあって、ルナロガ州の臣民は尽《ことごと》く〝蒼の乙女〟ファナの下にまつろうこととなった。
それすなわち俺——カイ＝レキウスが間接統治に成功したということだ。

近い将来、アーカス州同様に全ての貴族家は取り潰し、あくまで臣下として仕える者は取り立て、その能力に応じて役職を与えてやることになるだろう。

まあ、そこまでは上々の話なんだが……。

クレアーラ伯爵家居城に用意させた、俺の寝室。

キングサイズのベッド。

その上で、さしもの俺もすぐには呑《の》み込み難い事態が起きていた。

今、ベッドにはタリアとファナの姿もある。

二人ともスケスケの寝間着姿で、タリアは豊満な肢体を恥ずかしそうに隠し、ファナは成長途中の幼い体を平然と見せつけるようにしている。

人払いをしろと言うのでしてみたら、二人がこの煽情《せんじょう》的な格好で押しかけてきたのである。

あげく、

「……なあ、タリアよ。ファナが存命の間は俺には仕えないという約束だったが、本当に血を吸ってもよいのか？」

急にそんなことを言い出されて、どんな風の吹き回しかとびっくりする。

「……はい。姫様が御身に臣従をお誓いした以上、わたくしはカイ＝レキウス様の陪臣となったわけですから。わたくしの血をご所望でしたら、今後も遠慮なく申しつけてくださいませ」

状況が変わったとタリアは言う。

俺としても彼女の血の味は興味津々だったので、ありがたい話だが、

「……ではなぜ、ファナまで一緒なのだ？」

まさか一緒に吸ってもいいのだろうか？

飲み比べさせてくれるのだろうか？

いや、まさかな。それこそ御守り役《タリア》の逆鱗《げきりん》に触れるだろう。

果たしてタリアはもじもじとして答えた。

「わたくしもヴァンパイアになってしまいましたので、今後は血を吸って生きねばなりません。ただ誰でもよいかというと、罪悪感が……」

「うむ、そうだな」

ローザも同じく罪悪感から、俺の血だけを吸うことにしていた。

ではタリアも俺の血を吸い、ギブアンドテイクしたいのかと思ったら、それは違って、

「ご許可もいただきましたし、わたくしは今後、姫様の血を吸わせていただくことになりました……」

それはそれでタリアは申し訳なさそうにしつつ、まだしも罪の意識が疼《うず》かない相手がファナだということなのだろう。

「事情はわかったが、やはりファナまで一緒にいる理由にはならないが……？」

ヴァンパイアの吸血には魅了の力が伴う。

タリアは貴族種なので真祖の俺ほど強くないはずだが、それでも吸われればファナは乱れた姿を晒《さら》すことになるだろう。

だから二人きりで事に及べばいいと思うのだが……。

答えたのはファナだった。

「タリアに血を吸わせるのに出した条件ですの。私一人があられもない姿を晒すなんて、不公平でしょう？　ですからいっそ皆で乱れに乱れた状況なら、恥ずかしさも紛れると言ったのです」

「では俺がタリアの血を吸い、タリアはファナの血を吸うと？」

どういうシチュエーションだこれ。

「せっかくですし、カイ様も私の血を召し上がっても結構ですわよ？」

最近の若い連中は爛《ただ》れてるなあ。

俺は嘆息を禁じえない。

でも、まあ、そういうことなら楽しませてもらおうか。

かつての弟嫁（と同一の魂を持つ少女）に手を出すのはなんともインモラルな感じがするが、血を吸うくらいなら天国のアルも目くじらを立てはすまい。

ファナの方も前世の記憶はほとんどないと言っているので、彼女に対する遠慮も要らない。

俺は割り切ると早い男なので、右手にタリアを、左手にファナを抱き寄せる。

「ではタリアからもらうぞ？」

「……はい。……優しくしてくださいませ」

赤面して言う初心《うぶ》な二十歳は、そういう台詞がかえって男を滾《たぎ》らせるのだと理解していない。

俺は思い切り彼女のうなじに噛《か》みつき、音を立てて血を啜《すす》る。

なんとも刺激的なフレーバーだった。

タリアの気立てを表すように、甘いのは甘い。むしろ濃密な甘さがある。

だが同時に、舌の上を稲妻が走るような激しい風味もある。

これが堪《たま》らぬ。後を引く。

思わず夢中になり、しばし味わう。

その間、タリアは未知の快感に耐えているようだった。

ファナの手前、嬌声《きょうせい》を上げるわけにもいかず、懸命に自分の口を押さえている。

「別に我慢しなくていいのに」

とファナにからかわれている。

おっとりとした気性のタリアも、これにはカチンと来たようだ。

「次は姫様の番ですからね」

俺がタリアのうなじから口を離すなり、そう言ってアイコンタクトしてきた。

なるほど、了解。

俺はうなずくと――タリアと同時に左右から、ファナの華奢《きゃしゃ》なうなじに牙を立てた。

途端、未知の一言では片づけられない、凄《すさ》まじい官能が少女の全身を駆け巡ったはずだ。

ファナのか細い喉から、言葉にならない絶叫が迸《ほとばし》る。

もちろん痛みではなく快感に喘《あえ》いでいるだけだが、タリアがしてやったり顔になっている。

一方、俺はといえばファナの血を味わうので忙しかった。

これまた清冽《せいれつ》なフレーバーだった。

どんなに澄んだ高原の石清水でも、ここまで清涼たる喉越しではないだろう。

見ればタリアもいつの間にか、この美味に陶然となっている。

「ふ、二人同時は卑怯《ひきょう》ですっ」

快感を堪《こら》えながら猛抗議するファナ。

「カイ様、私も眷属《ヴァンパイア》にしてください！　タリアにやり返さないと気が済みません」

「悪いが厳選すると決めていてな。三人目は当面、作る気はない」

「カイ様のいじわるっ」

俺が口を離すと、ファナが吸血鬼でもないのに俺のあちこちをかぷかぷと甘噛《あまが》みしてくる。

そのファナの血を、タリアがまだ吸っている。

だから俺は妙味を覚えて、再びタリアの血を味わう。

ベッドの上で、奇妙な円環を作り出す。

「あはっ。あははは……！」

ファナが俺の肩から口を離し、心底愉快そうに笑った。

まだ十五の娘が、将来が少し心配になるような妖艶な顔つきになって言った。

「やってみると案外、よいものですね――三人一緒にベッドで戯れるというのも」

「お、おう……」

俺は呆《あき》れ顔になり、タリアはますます照れ顔になったが、ファナは気にも留めない。

輪廻《りんね》を司る神の巫女《みこ》は、俺の人差し指をくわえ、また夢中になって吸い始めた。
そのファナの手をタリアがとり、騎士が姫へ口づけするように手の甲へ牙を立てる。
そして、そのタリアのうなじへ俺が口を寄せ、血を啜る。
ベッドの上にできた奇妙な円環関係は、夜明けまでずっと続くのであった——

あとがき

二巻もご購読いただき誠にありがとうございます、福山松江です。

今回は「本文を書く前にプロットを書いて、担当さんとやりとりをする」という新鮮な経験をさせていただきました。

と申しますのも、これまでの私は「小説家になろう」というサイト様で掲載した作品が、編集さんの目に留まったり小説賞をいただいたりして書籍化されたことはありましても、今巻のような完全書き下ろしの本を出版していただいたのは福山初のことだったのです。

ですので、プロの作家さんなら当たり前のことだろう「最初にプロットを書く」という工程も、私にとっては当たり前のことではありませんでした。

いつもとは勝手が違い、当惑することも多々でしたが、それでも一人で全部お話を作るのではなく、担当さんと一緒に作るというのはとても楽しかったです。

その楽しさが作品のクオリティに繋がり、皆様にもご満足いただける二巻になっておりましたら幸いです。

慣れないプロット作業にご助力くださいました、担当編集の小原様。

そして二巻でも素晴らしいイラストを描いてくださいました、Genyaky先生。タリアの髪型は私のベストヒット、また〝闘神〟の格好良さは舌を巻く想いでした。

さらには応援をくださる読者の皆様。

多くの方々のお陰様で、この本を上梓できました。

心からお礼申し上げます。

願わくば三巻でもお会いできますことを、心待ちにしております。

福山松江　拝

DRE NOVELS

魔術の果てを求める大魔術師2
～魔道を極めた俺が三百年後の技術革新を期待して転生したら、哀しくなるほど退化していた……～

2023年7月10日　初版第一刷発行

著者　福山松江

発行者　宮崎誠司

発行所　株式会社ドリコム
〒141-6019　東京都品川区大崎2-1-1
TEL　050-3101-9968

発売元　株式会社星雲社（共同出版社・流通責任出版社）
〒112-0005　東京都文京区水道1-3-30
TEL　03-3868-3275

担当編集　小原豪

装丁　AFTERGLOW

印刷所　図書印刷株式会社

Printed in Japan
ISBN978-4-434-32245-7

ファンレター、作品のご感想をお待ちしております。

右のQRコードから専用フォームにアクセスし、作品と宛先を入力の上、コメントをお寄せ下さい。
※アクセスの際に発生する通信費等はご負担ください。